熱中ラジオ
丘の上の綺羅星

嘉門タツオ

ハルキ文庫

角川春樹事務所

渡邊一雄氏に捧ぐ

本書は二〇一五年十月に幻冬舎から
『丘の上の綺羅星』の書名で単行本として刊行されました。
JASRAC 出 1811220-101

CONTENTS

カバーイラスト／junichi

Tatsuo Kamon

NECYU RADIO

OKANOUE NO KIRABOSHI

まえがき

二〇一八年七月、お陰様でデビュー三十五周年を迎える事が出来ました。

そしていまここに『熱中ラジオ　丘の上の綺羅星』を文庫本として発刊出来る喜びを感じています。

この物語に登場する人々は、全《すべ》て実在の人物です。

伝説のラジオ番組『ＭＢＳヤングタウン』のプロデューサー、渡邊《わたなべ》一雄《かずお》さんが亡くなったのが二〇一〇年十月。

僕が高校時代に大好きだったシンガーソングライターの金森幸介《かなもりこうすけ》さん、渡邊さんと僕との不思議ですが本当にあった話を綴《つづ》ったのが本書です。

本書にも登場する写真家の糸川燿史《ようし》さんは現在八十四歳。先日も、六十七歳の幸介さん、来年還暦の僕と本書の解説を書いてくれた高校の同級生増山実氏と一緒に大阪難波の洋食屋から喫茶店をはしごして、六〇年代から七〇年代に湧《わ》き出た迸《ほとばし》る文化の話を熱く懐かしく語り合ったところです。

この物語から、あの時代のラジオの風を少しでも感じていただければ幸いです。

どうぞ最後までお付き合いください。

嘉門タツオ

プロローグ

それは、かつて丘の上にあった。

あの頃《ころ》と変わらぬ爽《さわ》やかな風が吹き抜ける千里《せんり》丘陵。
白い壁が眩《まぶ》しい十五階建てのマンションが十三棟も、堂々と風を受けて建ち並ぶ。
この場所に毎日放送（ＭＢＳ）はあった。

何度もこの丘に登った。
渡邊さんは、いつも制作部のデスクでタバコを吸っていた。
時には怒られ、たまに褒められた。でも、いつも僕を応援してくれていた。

渡邊さんはもういない。

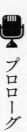

そして、丘の上にあった放送局も、もうここには無い。

でも、目を閉じるとあの頃の喧騒《けんそう》が鮮明に蘇《よみがえ》ってくる。

多くの局員、タレント、マネージャー、レコード会社のプロモーター、公開録音を見学する若者達やオーディションを受けるアーティストの卵達。

皆が、この丘を目指した。

熱中ラジオ　丘の上の綺羅星

第一部　金森幸介篇

Tatsuo Kamon

NECYU RADIO

OKANOUE NO KIRABOSHI

今月の歌

二〇〇九年、初夏。

神戸市中央区波止場《はとば》町無番地《ちょうむばんち》。

零番地でも一番地でもない、無番地。

神戸港中突堤にほど近い、古い倉庫の前に白髪の紳士が立っていた。蓄えた口髭《くちひげ》も全《すべ》て白い。落ち着いたピンクのポロシャツに、生成りの春物のジャケットを羽織っている。どことなく風格が漂う。七十三歳になった渡邊一雄《かずお》だ。

大阪毎日放送の伝説のラジオ番組『ヤングタウン』を作った男。

一九六七年にスタートしたこの番組から、多くのスターが巣立って行った。

桂文枝《かつらぶんし》、笑福亭仁鶴《にかく》、北山修《おさむ》、西川きよし、杉田二郎、谷村新司、笑福亭鶴光、角淳一、桂文珍、西岡たかし、月亭八方《つきていはっぽう》、オール阪神・巨人、やしきたかじん、ばんばひろふみ、イルカ、笑福亭鶴瓶《つるべ》、兵藤《ひょうどう》ゆき、本木雅弘《まさひろ》、原田伸郎《のぶろう》、西川のりお、大地真央《まお》、ピーター、岩崎宏美《ひろみ》、河合奈保子《かわいなおこ》、チャゲ&飛鳥《あすか》、渡辺美里、明石家《あかしや》さんま、島田紳助、笑福亭笑瓶《しょうへい》、根本要《かなめ》、桂雀々《じゃくじゃく》、北野誠、古田新太《あらた》、YOU、田中義剛《よしたけ》、ダウンタウン、今田耕司、野沢直子、つんく……

皆が当時、千里丘《せんりおか》にあったスタジオに通った。大阪市内から電車で十五分。更にバスで十分弱かけて坂を登り、毎日放送に辿《たど》り着いた。

渡邊は枯れ木だった深夜の毎日放送ラジオに息吹きを与え、高度成長の波に乗って大きな花を咲かせた。現場を退いて八年。

今は、神戸の街で悠々《ゆうゆう》と暮らしている。

先日、渡邊が見出《みいだ》して世に出した、谷村新司率いるアリスが、九年ぶりに活動を再開した。満員の神戸国際会館の客席で、渡邊はアリスとの帰らざる日々を思った。

良い畑の葡萄《ぶどう》を丹誠込めて仕込み、状態良く保存。ガーネット色で少し枯れたように見えるが、口に含むと品の良い果実味がしなやかに広がる、ブルゴーニュワインのような三人になっていた。

摘み取った渡邊と見事に熟成したアリスは、同じ空間に居た。

『ヤングタウン』をキッカケにしてメジャーになったシンガーやタレントは、数知れない。

鮮やかに光を放っては消えて行くスターダスト。天空で輝き続ける星の数は少ない。でも、みんな星になろうとした。綺羅星《きらぼし》になりたくて、千里の丘を登った。そんな星を目指す予備軍の中に、渡邊がどうしても忘れる事が出来ない男がいた。

金森幸介《かなもりこうすけ》。

渡邊はアリスのコンサートから帰宅し、ベッドに入って目を閉じた時に、彼の事をふと思い出した。

そういえばどうしているのだろう？

かつて千里丘のオーディションに、ギターを抱えてやって来た少年。

今でも歌い続けているとは聞いている。

アリスは、品格ある高級ワインに育った。

谷村新司と同時代に自分が摘み取った葡萄、金森幸介はどのように熟成されているのだろう？

そう思うと気になった。気になれば調べるのはたやすい。パソコンに名前を入力すると、ライブ情報が表示された。

渡邊が住んでいる神戸で、数日後にライブがある事を知った。

国道二号線を走る車のサーチライトに照らされて、渡邊は木造の倉庫に足を踏み入れた。エレベーターは無い。中央部分が長年の昇降により磨《す》り減った階段は、踏みしめるごとにキィー……キィー……と音を立てて軋《きし》む。ふくらはぎと太ももの外側の筋肉に疲労を感じた頃《ころ》、三階に辿り着いた。

形も素材も違う色褪《いろあ》せたアメリカンソファー達が寄り添い、六〇年代の古き良きアメリカを彷彿《ほうふつ》とさせる。焦げ茶色に変色した窓枠にはネオンがかけられ、ジーパチッ……ジーパチッ……と瞬《またた》いている。

「ジェームスブルースランド」

倉庫を改造したライブハウス＆バーとして営業を始めて十年。ライブがあるのは週末のみで、それ以外の日はバー営業で凌《しの》いでいる。この日は五十人ほどの観客が、ビールなどを飲みながらほどよくざわついていた。

渡邊は後方のソファーに座り、開演を待った。

会場後ろのつい立ての間から、グレーのソフト帽を被《かぶ》った男がやや猫背で現れて、ゆっくりとステージに向かう。百七十五センチはあるだろう。セッティングしてあった、日に焼けてピッキング跡がサウンドホールの上下に縞《しま》模様のように刻まれているマーチンD－18を抱えて、ゆっくりと背もたれの無い丸椅子《いす》に座る。水を打ったように静まる中、言葉は発さず、左手で帽子を軽く頭上に浮かせて、首をコクリと前に倒し、緩やかにギターを爪弾《つまび》き始めた。観客の意識が優しくステージに向けられる。古びたソファーも目を覚ます。アコースティックギターの音色が、モノトーンのデッサンに息吹きを与え、次第に色彩を帯びていく。

渡邊は腕を組み耳を傾けた。

四十年前のあの時と同じように。

一九六九年。

僕は十歳だった。翌年に千里丘陵で開催される日本万国博覧会を目前に、近隣の茨《いばら》木《き》駅前には活気が溢《あふ》れていた。

鬱蒼《うっそう》とした木立を配した薄暗い沼は埋め立てられ、美しい曲線を描いたレモンイエローが印象的な歩道橋とバスターミナルが出来た。ここから万博会場までバスで十分。未来都市への入り口が完成しつつあった。

変貌《へんぼう》を遂げる前から駅前にあった古びた借家で、僕は家族六人で暮らしていた。そんな環境にいたので、半年の開催期間に21回通い、未来都市はまるで我が家の庭同然だった。万博は、間違いなく僕のその後の人生に大きな影響を与えた。

夢のような万博祭りの後は、もうこれ以上に面白い事はないのでは？　と黄昏《たそがれ》た気持ちを抱きながら過ごしていた。自転車に跨《また》がれば三十分で行ける万博会場跡に何度も出向き、丘に登って夕日越しに解体されるパビリオンを眺めながら涙を拭《ぬぐ》っていた。

ところが、中学に入って程なくラジオの世界を知る。手の平に収まるトランジスタラジオから流れてくる音楽と軽妙なトークに魅了された。

落語家、漫才師、アナウンサーや多くのフォークシンガーの話や歌声に夢中になる。万博に取って代わる面白い世界があったのだ。

その数年後、僕は金森幸介というシンガーの存在を知る事になる。僕より八年先輩になる金森幸介さんは、万博の前年に既に魅惑のラジオの扉を開いていた。

幸介は十八歳だった。

高校から帰ると、二時間昼寝をして深夜に備えた。大学に入ってからも、クラブやサークルには所属せず、かといってバイトをするわけでもない。痩《や》せた昼行灯《あんどん》である。深夜になるとラジオと共にスイッチが入り、その世界の住人になった。

聴くのはもっぱら毎日放送の『ヤングタウン』である。毎日百五十人ほどの若者がスタジオに集まり、夕方に公開収録されたものが深夜十二時十分から二時まで放送される。司会は新人の斎藤努《つとむ》アナウンサーと若手落語家の桂三枝だ。二人とも軽妙なトークで洋楽や日本のフォークを紹介し、会場に来ている高校生や大学生から話を引き出すのが上手《うま》かった。

ラジオから伝わるスタジオの様子は躍動感に溢れていた。自分と同世代の若者が腹を抱えて笑い、音楽に手拍子し、マイクを向けられれば自分の意見を述べる。ギャグセンスがある者が、その場の笑いをかっさらってゆく。まるでイキのいい魚が元気にひしめく水槽のようだ。そう、毎日放送第一スタジオは、色とりどりの個性溢れる若者達が、輝きながら回遊する巨大な水族館だった。自分もそこで輝きたい、という思いが日に日に募り、幸介の中で確信に変わっていった。

『ヤンタン今月の歌』のコーナーでは、オーディションに合格したアマチュアバンドがオリジナル曲を発表出来て、それを『今月の歌』として一ヶ月間、毎日オンエアする。このコーナーから、若き龍《りゅう》達が次々とレコードデビューを果たした。

番組が始まって一年半。「ジローズ」「はしだのりひことシューベルツ」、谷村新司が所属していた「ロック・キャンディーズ」、桑名《くわな》正博《まさひろ》が居た「ファニー・カンパニー」、「赤い鳥」などの曲が毎月選ばれ、毎日流れた。ヘビーローテーションの効果で、多くの曲が関西の若者に浸透していった。それらを聴いた事がキッカケで、ギターを手にした者も多かったろう。皆が一斉に、ギターを手にオリジナル曲を歌い出したのだ。

『今月の歌』はオーディションで決まる。往復はがきで申し込むのがルールだ。幸介は、「ヤングタウン　今月の歌係御中」という文字と自分の住所と名前を、いつもより丁寧にゆっくりと書き、祈るような気持ちでポストに投げ込んだ。

幸介が初めてギターを手にしたのは中学二年の時だ。最初はビートルズの曲のコピーをしていたが、高校に入ってからオリジナルを作り出した。曲が出来ると、いつもレコードを貸してくれる近所の音楽通の電器屋の兄ちゃんに聴いてもらった。なかなか上手いと褒められた。「また褒められたい」と、新曲を作っては兄ちゃんのところに歌いに行った。既に二十曲くらいのストックはある。

そのほとんどはラブソングである。だが、実際の恋愛経験はほぼない。幸介は頭に溢れる妄想をサクッとまとめ、オーブンで軽く焼いて甘さがほのかに香るような、ちょっぴり酸っぱくて苦みもある恋の歌を歌っていた。

今になって歌詞を読んだらあまりの青さに赤面々であるが、思春期の少年の創作意欲は自己愛と陶酔こそが源である。幸介にとっては、どの曲も愛《いと》しい我が子のように思える。

一週間後、往復はがきが半分になって戻って来た。そこには、翌週の日曜日の午後に千里丘放送センターに来るようにと記されており「165」という数字がゴム印で捺《お》されていた。ラジオの向こうの巨大水槽行きのドリームチケットを勉強机の前の襖《ふすま》に画鋲で留めて、幸介は練習に励んだ。コードを押さえる左手の指先はスチール弦の硬さに負けてボコボコに凹《へこ》み、奏でる度に痛む。だが、幸介にとってはその痛みも喜びだった。ギターと一体化するのが心地よい。自分の曲を引き立ててくれる強力な相棒。今やギターを弾いて歌う事に何の違和感も無い。コード進行と歌声が同期している。それぐらいのレベルにはなっていた。

オーディションで歌うのは、電器屋の兄ちゃんイチ押しの『通り雨』という歌に決めていた。もう既に身体《からだ》に染み込んでいる歌だ。

当日は、九月の若い鱗雲《うろこぐも》が薄《うっす》らと浮かぶ秋晴れだった。此花区《このはな》の自宅から環状線と在来線を乗り継いで千里丘の駅に降りた途端、目の前に広がる光景を見て、幸介はゴクリと唾《つば》を呑《の》み込んだ。

駅前には、ギターを持った若者が餌《えさ》に向かう鯉《こい》のごとくひしめき合っていた。半数以上の人間が、色とりどりのギターケースを抱えている。みんな『ヤングタウン』のオーディションを受けに行くのだ。

「列になって、バスが来たら順番に乗ってくださいー！」

と大声で誘導しているのは、アルバイトの大学生だろう。

ギター少年と少女達を乗せた満員のマイクロバスは、まだまだ長い列の積み残しを後に出発する。

幸介は二十分ほど並んで、四台目のバスに乗り込んだ。駅前から産業道路に出て、途中から左折。バスは坂を登り始める。鱗雲に向かって滑走路から飛び立つようだ。広い駐車場に着き、ゾロゾロ降りると長机の受付があり、往復はがきと引き換えに刻印されていたのと同じ番号、165番の首掛け番号札を受け取った。

それにしてもドエラい数の参加者である。

優に二百人は超えているだろう。まさに涌《わ》いて出たようにみんなが歌い出し、この場でチャンスを掴《つか》もうとしている。

大学一回生の幸介にとって、周りの誰《だれ》もが年上に見えるし、自信ありげにも思えた。自分の鼓動が少しずつ速くなっていくのを感じる。

ハンドスピーカーを持った痩せぎすの男の、事務的な声が広大な駐車場に響く。

『本日は、『ヤンタン今月の歌』のオーディションにようこそいらっしゃいました。このあと十組ずつ本館の中の第一スタジオに入ってもらいまして、ひとグループ持ち時間一分で歌ってもらいます。番号を呼ばれた方は残ってください。呼ばれなかった方は、各自撤収してお帰りください。では、まず一番から十番の皆さん、こちらからお入りください」

　順番待ちをしているグループは、ギターを取り出して駐車場のあちこちで最後の調整を行っている。幸介も同様に正面玄関の階段に腰掛けて、『通り雨』のコードをさらっていたら、次第に心が落ち着いてきた。冷静になって周りを見ると、Bm のコードさえ満足に押さえられない奴《やつ》もいる。水族館で泳ぐレベルではない雑魚《ざこ》の方が多いではないか。けっこう俺、イケるかも！　と確信ランプが脳内に点《つ》いた頃、

「161番から170番の人ー！」

とハンドスピーカーからやや割れた声が駐車場に響いた。

いよいよだ。

　幸介を含む十組が第一スタジオに向かって進む。廊下の向こうから戻って来るのは、151番から160番の予選落ち軍団だ。現実の壁に打ち拉《ひし》がれた者もいれば、落ちた事をギャグにしておどけている奴もいる。毎日放送第一スタジオへ繋《つな》がる廊下は、登る者と下る者二つの海流がぶつかって鳴門《なると》が渦巻いていた。

　五十メートルほどの流れに乗って歩いた右側に、第一スタジオはあった。連日若者達が溢れ、音楽と笑いが迸《ほとばし》る場所。

（ここかー、ここでヤンタンやってんのんかー）

幸介は高い天井を見上げながら、聖地に足を踏み入れた。

「ステージは左右二ヶ所です。一組が歌っている時に、次のグループはもう一ヶ所のステージでセッティングしておいてください。歌い終わって番号を呼ばれなければ、速やかに撤収してお帰りください。では、まず161番のグループは右側ステージに、162番のグループは左側のステージでセッティングを始めてください」

161番のグループは、ピーター・ポール&マリー崩れのカレッジフォーク。緊張のあまりボーカルの女の子の声が裏返って、それに動揺したギターの男の子がコードを間違えまくって撃沈。

162番は、頭にバンダナを巻いたケミカルウォッシュに下駄《げた》履きの、メッセージフォーク野郎。「戦争反対！」と我鳴るが、ほとんどメロディーがなく敗退。

163番は、男性二人でサイモン&ガーファンクルの『スカボロ・フェア』のコピーをするも、ハーモニーがズタボロ・フェアで墜落。

164番は、オーバーオールの女の子の弾き語りで、声が小さく何を歌っているのか伝わらない上にコードの転換に時間がかかりすぎて、しょっちゅう歌が分断されてサヨウナラ。

そして、いよいよ幸介の順番がやってきた。

大きく息を吸い込む。

「165番、金森幸介です。『通り雨』、聴いてください」

急ぎ足で　雨が通り過ぎて行った午後には
しっとりと濡れた緑が　心を洗ってくれたりして
雨のち曇りそして晴れ　そんな独り言をまき散らしながら
木洩れ日の坂道を　ゆっくり降りて行く

少しは長く生きてきて　僕でも大人になったのか
不倖せが　倖せに見える事がある
今日はそんなおだやかな日
君がいないのが残念です

歌い終わると、喉《のど》がカラカラになっていた。とりあえず、力は出し切った。
十メートルほど離れたガラス張りの副調整室では、腕を組んでタバコを燻《くゆ》らす男が、スタジオのアシスタントらしき若い男に何やら指図をしている。若い男が言った。

「165番、金森君、残ってください」

ホッ。

なんとかなった。

オーディションが全て終わるまで、合格した者は会議室で待つ。まだ時間がかかりそうなので、幸介は社員食堂できつねうどんを食べた。薄口醤油《しょうゆ》と少しキツめのみりんの湯気が、緊張から解き放ってくれる。出汁《だし》が食道から胃袋へと心地よく広がる。アゲのほどよい甘みが幸介を優しく労《ねぎら》った。

腹を満たして会議室に戻る。今日は全部で二百二十組が歌ったらしい。最終的に、幸介を含む四組が残っていた。男性ソロが三人で、もう一組は三つ編みの女子高生デユオ。

「ほいほい、どうも皆さんお疲れさまでしたー」

物腰の柔らかい月の輪熊《ぐま》のような男が会議室に現れた。さっき副調整室の椅子に腰掛けて難しい顔でタバコを吸い続けていた人だ。「ハイハイ」と言っているのだろうが、口ごもり気味に発音するため「ほいほい」と聞こえる。

「ほいほい、今日のところはこれで帰ってもらいましてー、後日こちらから連絡を入れます。今日歌ってもらった曲が『今月の歌』になるとは限りません。いろいろ相談しながら今後の方針を決めて行きたいと思います。どんな形になるかわかりませんが、今日残った皆さんはヤンタンファミリーとして番組に協力してもらいます。それぞれの電話番号を書いて帰ってください。あ、僕は担当の渡邊と言います。今日はお疲れさまでしたー」

外に出るとすっかり日は暮れていた。通用門の外にあるバス乗り場まで、勝者四組がギターをぶら下げて歩く。長髪でベルボトムのジーンズにベストを着た若者が話しかけて来た。

「どうも、神戸から来ました森下です」

歩きながら幸介も自己紹介する。

「あ、此花から来ました、金森です」

バスに乗り込む。来た時はギューギュー詰めだったが、帰りは合格者の五人のみだ。勝者達を乗せたバスが、闇《やみ》の中を産業道路へ降りてゆく。

一週間後。

平日の夕方、二階の部屋でギターを弾いていた幸介を、階段の下から興奮した声の母が呼んだ。

「幸介、電話よー！　毎日放送からー！」

「はよ！　はよ！」

ギターを置き、消防士のように階段を滑り降りて、黒電話の受話器を取った。

「はい、金森です」

「あー、どうも、毎日放送『ヤングタウン』の渡邊です」

「あ、は、はいー！」

「先日はお疲れさまでした」

「あ、ありがとうございましたー！」

「単刀直入に言いますと、君のボーカルはかなりのレベルだと思います」

幸介は、「よっしゃー！」と叫びたい衝動をなんとか抑えながら、上がりまくった口角を右手の親指と人差し指で押し下げつつ、平静を装って答えた。

「あ、どうも」

「今度の土曜日、十三時に毎日放送に来られますか?」

「もちろんです!」

即答した。

「今後の事を相談しましょう。一応ギターも持って来てください」

「わかりましたー!」

いつもはガチャンと下ろす受話器を、レコード盤に針を落とすくらい丁寧に無音でそーっと置いた。次の瞬間、喜びが熱い言葉となって口から迸った。

「よっしゃー! やったぜ、かーちゃん!」

その土曜日、幸介は千里丘駅にいた。昼下がりの駅前は、人影もまばらだ。バスの乗客は、幸介ともう一人、ギターを抱えた長髪の若者の二人だけだった。幸介と同じくスリムのジーンズを穿《は》いている。ジージャンの下はローリング・ストーンズのベロ出しTシャツだ。幸介は軽く会釈して、男の左後ろの席に座った。

二人を乗せたバスが、坂を登って通用門に到着する。ベロT男が受付で「『ヤングタウン』の渡邊さんと約束です」と告げた。

（えっ？　俺も俺も！）

「あ、僕も渡邊さんのところに」

通行証をもらって二人で社屋に入る。受付にデスクのお姉さんが迎えに来てくれていて、三階のラジオ制作部に導かれる。番組毎《ごと》にデスクが島のように分かれており、『ヤングタウン』は制作部の一番奥らしい。

渡邊は、今日も月の輪熊みたいな顔でタバコを吸っていた。

「ほいほいほいほい、二人揃《そろ》って来たんや。奥の会議室行っといて」

部屋に通されて、意図を把握出来ないまま横並びで二人が座っていると、ほどなくして渡邊が現れた。

「ほいほいほいほい、あ、紹介しとくわ。彼も今月の歌で合格した高梨《たかなし》くん。R大学の二回生やったかな」

（え？　俺もR大学やで。この人一年先輩なんかぁー）

「それで、彼は金森君。君もR大学で一年やったね」

「はい」

二人は改めて「あ、どーも」と軽く頭を下げ合った。

デスクのお姉さんが、紺色に白い水玉模様の湯呑みを三つ運んで来て、それぞれの前に置く。幸介のお茶には茶柱が立っていた。

渡邊がズズッと茶をすすって切り出した。

「君ら二人ともね、かなりの可能性があると思います」

幸介も高梨も「きょ、恐縮デス」と、張り子の虎《とら》のように頭を下げる。

「『ヤンタン今月の歌』は、圧倒的にグループが多いのんは聴いていて解《わか》ると思うけど、一人よりグループでやった方がええんちゃうかなぁというのが、僕の方針なんです。偶然大学も一緒なんで、二人でグループを組んでほしいんです」

（なるほど、そういう事か）

「二人の歌唱力が合体すると、相当レベルの高い事が出来ます。今までに何千組も見て来た僕が言う事だから、信用してもらいたいんやけどね。二人で組んでもらえますか？」

成人前の二人に、実績のある『ヤングタウン』のディレクターの提案を覆《くつがえ》す考えもボキャブラリーも無い。この船に乗りやと言われたら、乗るしかないではないか。

二人で「よろしくお願いします」とキレイに声を揃えて、ユニゾンで初の共同作業。これから始まるであろう美しいハーモニーロードの入り口に立った。

なんせこの時が初対面。渡邊の指示は、二人で何曲か出来るようになったら電話をくれとの事。その場で連絡先を交換して、お見合いのようにコンビが結成された。

あとは若い者同士でとでもいうような渡邊の笑みを含んだ視線を背中に感じながら、制作部の階段を降りた。

来る時には全く予想だにしなかった関係になった二人。お互いの個性すら把握出来ていない。どんな歌を歌う人なのか？　渡邊はオーディションでそれぞれの歌声を聴いているが、当事者の二人はお互いの事を何も知らない。

とにかくまずは曲を持ち寄って練習しようという事になり、翌週の土曜日に高梨が幸介の家を訪ねた。この一週間で幸介は新曲を四つも書いて、高梨を待ち受けた。二人で演《や》る事を考えて、自分なりにハモリや追っかけも作ってみた。

高梨も新曲を持って来た。といってもお互いの曲を初めて聴くので、相手にとってはどの曲も初耳である。

幸介の六畳の和室で、二人は座布団に座りちゃぶ台を挟んで向き合った。幸介の母が淹《い》れてくれたティーバッグの日東紅茶のカップとカットされたリンゴが載った皿の手前に、それぞれ歌詞が書かれた大学ノートを置いて一曲ずつ歌声を披露していった。知り合って間もない二人が、目の前で自分が作った歌を歌い合う。歌うほどに聴くほどに「コイツこんな事考えてるんかー」と感心したり、ちょっと引いたり。思春期卒業間近の、固まり切れていないセメントのような感受性に、それぞれのズックの足跡が付いてゆく。

五巡目に幸介が歌ったのは、一昨日作ったばかりの『みずいろの風』という歌だった。目をつぶって聴いている高梨の指が、ちゃぶ台の上でリズムを取っている。二番のサビに差し掛かると、高梨の唇が歌詞を探りながら小さく動いた。歌い終わるや否や、高梨が「これいいですねー」と言った。ハモリも追っかけも計算して作った曲だった。

幸介が二曲、高梨が一曲、互いの審査で選んだ三曲を二人で練習した。幸介は初めて人と組む。綺麗《きれい》にハモれた時、全身サブイボが立った。

(カッチョエエ！　二人で歌うと迫力がちゃう！)

ここへ来て、渡邊の提案にようやく納得するのだった。

グループ名は、高梨が考えた「ちいさなオルフェ」に決まった。どうやらギリシャ神話から取ったらしい。

早速その日の夕方、渡邊に連絡すると、

「ほいほいほい！　三曲出来た？　ほう、はよ聴きたいなぁ。いつ来れる？」と言うので、水曜日の夕方に二人で千里丘に行くことを伝え、電話を切った。

水曜日の千里丘駅前は、またまたごった返していた。その日はオーディションではなく、レギュラーの『ヤングタウン』の収録に参加する高校生や大学生の集団である。公開録音にも往復はがきで申し込むのだが、番組の人気上昇と共に当選するのが難しくなり、スタジオに到達出来る若者は狭き門を潜《くぐ》ったラッキーなヤング達だ。

到着すると、金森と高梨は一階下にある第七スタジオへ案内された。すると、足早な月の輪熊、渡邊が颯爽《さっそう》と現れた。

「お疲れさま。ちいさなオルフェ？　ええやん、ほいほい。それでいこう！　収録前で時間が無いから、ワンコーラスずつ歌ってくれるかなー」

「わかりましたー」

と二人はスタジオに入った。ミキサーが卓に付いている。録音するらしい。

「では、まずは『みずいろの風』聴いてください」
ワンツースリーフォー、二本のギターが練習の成果を奏でる。幸介のボーカルが嫋《たお》やかに響く。

みずいろの風に乗って僕は来た
美しいおまえに詩《うた》を用意して
今日まであなたを待っていた私
一輪の白百合を髪に飾ります

なぜ　涙が出るの　ほら　こんなにほほを
でも　悲しくないの　今　あなたがいるわ
おたがいの名も　知らないままに　愛しあった僕たち
何も聞こえない　だれも気付かない
見つめあう二人の　世界がそこに

（どやろ？）

スタジオの外をチラッと見た幸介の目に映ったのは、オイシいどんぐりを見つけた熊の笑顔だった。

高梨にイケるぞ！　と目配せして、手応《てごた》えを感じながらちいさなオルフェはあと二曲歌った。


「一曲目でいこう！　『今月の歌』、決定！」

スタジオから出た二人に、渡邊は嬉《うれ》しそうに声をかけた。

「これはええ歌やなぁー。これはいける！　ハーモニーもよう練習したなぁ。久々に感動したわ。タイトル何やったかなー？」

「『みずいろの風』です」

と幸介が答えると、

「『みずいろの風』かー、んー、ちょっと弱いなぁ。そーやなー……『みずいろのポエム』にしよう！　『みずいろのポエム』で決定や！」

（ポポポポ……ポエムですか？　みずいろのポポ、ポエム？　ポポポポ……ポエム？）

とはいえ、断れません。十八歳やもん。こうして『ちいさなオルフェ／みずいろのポエム』は一九七〇年二月の『今月の歌』に決定した。

『ヤンタン今月の歌』が始まった当初は、曲が浸透してしばらく経《た》ってからレコードがリリースされた。しかし、それでは後手であると気付き、先手レコーディングが定着し始めていた。普段公開録音で使っている一スタは、もともとラジオドラマや音効SEを収録するために天井が高い造りになっている。フルバンドでのレコーディングも可能である。ヤンタンにとって、時間的にも経費的にも有効なスタジオになっていた。録音ディレクターも、渡邊をはじめヤンタンのスタッフが務めることが多かった。

十二月上旬、千里丘のスタジオで『みずいろのポエム』のレコーディングは行われた。ギターとベースとボーカルを録《と》って、ストリングスと鉄琴をかぶせた。甘い幸介のメインボーカルに、少し野性味のある高梨の声がうまく合わさって、上質の音源が出来上がった。

その出来映えに渡邊は確信した。

(これなら全国で戦える！)

渡邊は『今月の歌』が始まって以来、最大のプロモーションを仕掛け始めた。

『みずいろのポエム』が『今月の歌』で発表されるのは、翌一九七〇年二月である。ひと月かけて曲をアピールして、三月にクラウンレコードからリリースという段取りだ。

ここで渡邊は、大勝負に出た。

関西の若者の間で、着実に支持されるようになってきたヤンタンは、イベントの集客でも化け物ぶりを発揮していた。

番組開始一年にあたる一九六八年十一月に「第一回ヤンタンフェスティバル」を大阪府立体育館で開催し、満員大成功を収めていた。

更に一九七〇年の一月に大阪フェスティバルホールで昼夜二回、七千人を動員する「第二回ヤンタンフェスティバル」を開催する事が決まり、そのキャスティングを組んでいる最中であった。

既に決まっているのは司会の斎藤努と桂三枝、『今月の歌』で人気のダボーズと赤い鳥、三枝と共に落語界の三羽烏《がらす》として人気絶頂の笑福亭仁鶴、『嘆きのボイン』が大ヒット中の月亭可朝《かちょう》などの錚々《そうそう》たるメンバーである。

その中に「ちいさなオルフェ」を組み込むというのだ。

『みずいろのポエム』は二月の『今月の歌』だ。一月のイベント開催時には、観衆に馴染《なじ》みは無い。そこにあえて登場させるとは。渡邊がいかにこの曲を気に入っていたかの証《あかし》である。

三千人以上の観衆を前にしての、初舞台である。初めて人前で歌うのがフェスティバルホールとは！　これはエラい事なのだ‼　だが渡邊が指差す航路を、夜明け前の海に向かって漕ぎ出すしかない。「ちいさなオルフェ」は、彼を信じて小さな舟で力いっぱい大海に躍り出た。

駆け出しの二人は、前座もしくは相当前半に出演するものだと思っていた。ところが中盤の笑福亭仁鶴の直後の出番だという。

（そんな無茶な！）

登場するだけでホールが揺れる時代の寵児《ちょうじ》の後に新人デュオを配するとは！　メインディッシュの後に前菜、いや駄菓子が出て来るようなものではないか。

（しかし断れない。もう引き返せない）

当日のリハーサルで客席のセンターに陣取った渡邊は、明確に演出を付けてくる。

「次、ちいさなオルフェー！　金森君と高梨君、左右のステージエプロンからギターを弾きながら登場して、サビのハモリでセンターに並んでください」

初舞台にして、なんという大胆な演出！　カラオケに合わせて、ギターは当てぶりだ。センターに歩み寄るまでのボーカルは、首からぶら下げたワイヤレスマイクで拾う。横綱の居ない痩せた露払いと太刀持ちが、居心地悪そうにステージの左右からトボトボ歌いながら現れる。

「もっと堂々と！」

渡邊の檄《げき》が飛ぶ。

（そんなん言うたかて、人前で歌うの初めてですねん。『ヤンタン今月の歌』でスタジオ行くのも来月ですねん。それもフェスティバルホール！　観《み》に来た事も無いのにイキナリ出るなんて――！）

と叫びたいが、とても言えません。「すみません！」とユニゾンで謝ってリハーサルは終了した。

『ヤングタウン』スタート二周年。万博開催記念「第二回ヤンタンフェスティバル」は、異様な熱気を孕《はら》んでいた。それは、世を席巻していた学生運動とは全く対極にあった。ヘルメットとゲバ棒で万博に反対する「ハンパク」こそが学生の王道的な流れの中、『ヤングタウン』が提唱したのはひとつ上のハイセンスな文化だった。ラブ&ピースは投石では得られない。音楽と笑いこそが平和の印だ。『みずいろのポエム』は、総帥《そうすい》渡邊の哲学を反映した時代を代表する曲になる！……はずだった……。

初舞台を含めて、滑り出しは悪くなかった。二月に入って『今月の歌』で連日オンエアされると曲は一気に浸透し、三月の発売時には初回プレスの一万枚は即完売した。勢いに乗り五千枚追加でプレスしたが、これは思うように捌《は》けなかった。

毎日放送のラジオやテレビにも、出られるところは大概出た。

関西だけでは限界があると思った渡邊は、クラウンレコードのプロモーターと相談して、夏休み東京キャンペーンを組む事にした。大学生の二人を一定期間東京に住まわせ、徹底的に全国に向けて売り出す計画だ。二人の身柄は、クラウン東京本社が引き受けてくれることになった。

言われるがままに『みずいろのポエム』をギターと共に引っさげ、幸介と高梨は新幹線ひかり号に乗った。新幹線に乗るのも、東京に行くのも初めてだ。不安だったが胸は高鳴った。ヤンタンの渡邊が太鼓判を捺してくれているのだ。

二人は六本木にあるクラウンレコードの社員の部屋に泊まり込み、TBSテレビの『ヤング720』に出演したり、NHKの『ステージ101』で何故《なぜ》か踊ったり。テレビとラジオの合間には、デパートの屋上やスーパーの入り口などでも歌った。ある時『みずいろのポエム』を西友ストアのミニステージで歌ったが、みかん箱を並べたようなちいさなステージの上に立つ「ちいさなオルフェ」は、存在感も声の出力もちいさなままで、歌い終わってもちいさな拍手がパラパラと風に流されるのだった。

ステージ終わりで、クラウンレコードの社員が買ってきてくれたクリームパンを、幸介は三角パックのコーヒー牛乳で流し込んだ。胃袋は少し満たされたが、心には東京の乾いた風が吹いていた。

東京キャンペーンは大して実を結ばず、どこに行っても疎外感を覚えた。一ヶ月が過ぎた頃、新曲のレコーディングが決まった。曲はもう上がっていて、新進作詞家の阿久悠《あくゆう》という人物が作詞をした『ブルース田園』というアウトローテイストの歌だ。『みずいろのポエム』とギャップがありすぎるではないか。しかし、相方の高梨の野性的な声にはむしろこういうブルースが合うような気もする。

結果「ちいさなオルフェ」の二枚目のシングルは、A面は『ブルース田園』、B面は幸介が書いた『九月の風に』に決定した。

そして『九月の風に』は『ヤングおー！おー！』のエンディングテーマに選ばれた。

しかし、結局曲は全く売れず、「ちいさなオルフェ」はフェードアウト解散となった。

その後、金森幸介の人生と渡邊一雄の人生は、阪急電車が神戸線と京都線に分かれて行くかのように同じ軌道を走る事は無かったのだった。

熱中ラジオ　丘の上の綺羅星

第二部　嘉門タツオ篇

Tatsuo Kamon

NECYU RADIO

OKANOUE NO KIRABOSHI

第一章 弟子入り

そんな金森幸介さんの存在を知ったのは高校一年の時だった。毎日放送と疎遠になっていた幸介さんは、『ミュージックワンダーランド』というＦＭ大阪の深夜番組に出演していた。西岡たかしさんと繰り広げるシニカルかつ関西人独特の会話に惹《ひ》き付けられ、二人が属する「五つの赤い風船」の再結成ユニット「オリジナル・レッド・バルーンズ」のコンサートにも出かけた。幸介さんはその中でメインボーカルを担当すると共にソロで前座も務めていて、『バギーパンツの歌』などが印象的だった。幸介さんの「箱舟は去って」と「少年」は、高校時代に最も聴いたアルバムになった。その中には収録されていないが、『もう引き返せない』という歌が心に残った。

『ヤングタウン』も熱心に聴いていた僕は、レギュラーメンバーの杉田二郎さん、アリス、諸口《もろぐち》あきらさん、ザ・ムッシュやバンバンなどの歌にも心酔し、桂三枝さんや笑福亭鶴光&角淳一さんコンビのトークに腹を抱えて笑った。

一九七五年。僕は高校二年、十六歳だった。

鶴光師匠は、乗りに乗っていた。毎日放送ラジオ『ヤングタウン』金曜日を、アナウンサーの角淳一さん、佐々木美絵さんと共に担当し、関西のラジオの頂に届く勢いだった。

前年から東京のニッポン放送『オールナイトニッポン』にも登場して、人気爆発。レコード『うぐいすだにミュージックホール』も大ヒットで、出玉が止まらない状態だった。

弟子入り決行！　今がその時、ためらう理由は無い。

中学の頃《ころ》から深夜ラジオにはがきを書く事を覚えた。かなりの確率で採用され、その翌日はクラスで人気者になった。数ある番組の中でも『ヤングタウン』の空気感が大好きだった。

そこには音楽と笑いが溢《あふ》れている。

どうにかして『ヤングタウン』の仲間に入れないかと考え、レギュラーとして頭角を現していた鶴光師匠のところに行けばきっと夢は叶《かな》うと単純に考えたのだった。

毎日放送からも万博公園からもほど近い、千里中央にあるショッピングモールの先駆け千里セルシーがその場所である。

読売テレビの公開録画『鶴光のテレビ!テレビ!』の出待ちをして、幼稚園からの同級生の高倉が運転するスーパーカブ65の荷台に跨《また が》り、師匠を乗せたタクシーを追って新御堂筋《みどうすじ》を南へ南へ猛追。渋滞の恩恵で見失う事なく南森町《みなみもりまち》の読売テレビ前へ。タクシーから降りて玄関に向かう師匠に追跡の助走でジャンプし、荒い息づかいで、すがるように声をかけた。

「で、弟子にしてください!」

師匠が振り返る。

鶴光や!　ホンマもんの鶴光や!　痩《や》せているので「カマキリ」というあだ名の鶴光師匠だったが、近くで見る実物は想像以上に華奢《きゃしゃ》だ。突然現れた弟子入り志願者に、カマキリが答えた。

「ほんまかいな、君、いくつや？」

「じゅ、十六です」

「親には言うたんか？」

「いや、まだです」

「ほなら親の了承取って、いっぺん一緒に家においで。来週の日曜やったらおるから」

師匠は、電話番号をメモに書いて手渡してくれた。

「わかりましたー！　ありがとうございます！」

やった、やった、やった！　心臓が沸騰しそうな僕の声を背に、師匠は『11PM』出演のため読売テレビにシャバダバシャバダバと吸い込まれて行った。

親に相談する事も無く勢いで弟子入りを申し込みに行って、ちょっと誇らしげな気分をぶら下げて実家に帰った。とにもかくにも、一度だけ師匠のお宅に付いて来てください！　と人生で初めて母に頭を下げた。あまりの息子の鼻息に圧倒された母は、渋々頷《うなず》いた。

十月の割には暖かい日曜日の午後、地下鉄西田辺《にしたなべ》駅で降りて、予《あらかじ》め電話で聞いていた道順を母と二人で進んだ。

師匠のお宅は、合板造りの通りに面した二戸イチ住宅で、二十代の若夫婦が暮らすのにほどよい物件だった。

「まぁ、入り」

居間に通してくれたのは、師匠の奥さんらしき人だった。子育て真っ盛りなのだろう。おもちゃが部屋の隅に集められている。急遽《きゆうきよ》突貫掃除で空間を作った部屋の中央に促された。

師匠は東京の『オールナイトニッポン』の生放送が朝の五時に終わって、そのまま新幹線で帰阪。数時間の仮眠明け、パジャマ姿で二階から降りて来られた。

夫妻は壁を背に座椅子《いす》にもたれて、母と僕、そして僕と同じように弟子入りに来た徳島出身で元銀行員の多田《ただ》さんの三人が並んで対面する形で座布団に正座した。

どういうワケか、師匠はほとんど口を開かず、奥さんがこの場の回し役である。

「多田君は一応いっぺん社会に出て銀行を辞めて来たわけやから、内弟子として取ってもかまへんねんけど、この世界、十年は食えんけどそれでもええん？」

「覚悟してます！」

ガチガチの堅い面持ちの多田さんが頭を下げる。

「鳥飼《とりかい》君、言うたかな？」

「ハイ！」

僕の番だ。

「今の時代、高校は出とった方がええなぁ」

「ハイ」

「卒業するまでは、休みの時だけ見習いで来るか？」

「お願いします」

「それで、高校卒業してから正式に内弟子として来てもらおか」

「ありがとうございます！」

「内弟子の期間は三年や。三年の間にいろいろ覚えてもらう。キビシい世界やで！」

「ハイ！」

「師匠が『カラスは白い！』言うたら『ハイ！　白いです！』言わなアカン世界やで。辛抱出来るか？」

「ハイ！　何でも言う事聞きます！」

「お母さんもよろしいか？　ある意味親子の縁を切るような形で、その代わり我々が芸界の親代わりになるような事になりますが」

母もこの場の流れに逆らうわけにもいかず、

「よろしくお願いします」

と師匠の奥さんとは目を合わせず、頭を緩やかに下げた。

「ほんだら今度の土曜日からおいで！」

「ありがとうございます！　一生懸命修業して、師匠や奥さんの言う事をシッカリ聞いて、一人前の落語家になれるようガンバリマス！」

「ふんふん、なかなかええ根性してるやん。しっかりやり！」

ほとんど奥さんとしか会話を交わしていない。師匠はその横で、時たまニヤニヤ笑ってはタバコのチェリーを燻《くゆ》らしていた。

家への帰り道、付き添ってくれた母が、

「息子を一人、事故で亡くしたと思うようにするわ」

と、ため息混じりに呟《つぶや》いた。

ちょっと申し訳ない気分が込み上げて来た僕は、

「どんな事があっても頑張るから！」

と、歩道を歩きながら見得を切った。十月の風に、気の早い落ち葉がアスファルトの上でクルリと踊った。


十六歳で見習い弟子になった僕は、毎週土曜日学校が終わると師匠宅に飛んで行った。ありとあらゆる家事雑事を深夜までこなして、師匠が借りてくれていた弟子修業中の若者が寝泊まりするに相応《ふさわ》しい近所の傾いた文化住宅の四畳半へ戻る。あの時の多田さん、「学光《がっこ》」の芸名をもらった兄さんとシシャモのように二人寄り添って寝た。翌日曜日も一日師匠宅で過ごし、最終電車で自宅に戻って、月曜から土曜は学校に通った。こうなると学校は天国である。親の庇護《ひご》下でヌクヌクと受験勉強に励む友人が、全員子供に見えてくる。なんせこっちは、厳しい落語家修業中の身だ。


そんな僕は、高校で赤丸急上昇に注目されていた。

春日丘《かすがおか》高校は進学校である。大学に進まないのは僕独りで、水族館の巨大な円柱形の水槽をひたすら同じ方向に泳ぐ鰯《いわし》の群れの中、一匹だけ流れに逆らって泳ぐ反逆魚の優越感を身に纏《まと》って校門を出入りしていた。

まだ何の実績も上げていないが、「鶴光の弟子になった」という行動が他の大学に進む友人から見るとエベレスト登山並みの冒険と映っただろう。今思うと呆《あき》れられていただけなのかもしれないが、みんなから「鶴光ってどんな人？　芸能人に会えるん？」などという興味本位の質問シャワーを気持ちよく浴びて、英雄気取りだった。

高校二年の秋から卒業する翌々年の春まで、土日と冬休み、春休み、夏休みは師匠のお家《うち》に出向いて、見習いとして厳しくも楽しい封建社会の末端で夢を追う日々だ。

落語家の芸名は、師匠の名前から一文字もらうのが定例になっている。松鶴《しょかく》師匠から一文字もらって鶴光。鶴光師匠から一文字もらった学光兄さんの芸名は、師匠の友達で漫画家のはらたいらさんが命名した。

「鳥飼も見習い中の仮の名前、考えてみぃ」

と師匠に言われたので、「光」の付く名前をいくつか考えた。

「『矢』に光るで『ヤーコウ』は、その筋の人みたいであきませんわねぇ。光る太子で『コウタイシ』も、ダメですよね。光るお茶で『コウチャ』はどうでしょう？」

そう言うと、

「光茶か。そらええな。ほな今日から仮の芸名、光茶でいこう！」

しばらくは「光茶！　光茶！」と呼ばれていた。高校生ながら仮にも芸名を付けてもらって嬉《うれ》しかった。

卒業する少し前に、住吉《すみよし》区の古い住宅地の一画にある、師匠の師匠である松鶴師匠のお宅へ師匠に連れられてご挨拶《あいさつ》に行った。緩やかな坂の途中にある年季の入った二階建て木造住宅だ。格子戸を開けると、数歩で玄関に辿《たど》り着く。上がり框《がまち》で靴を脱いで師匠の後に続く。最初の部屋にイキナリ松鶴師匠は居た。まだ春が来るには少し時間があったが、松鶴師匠は浴衣《ゆかた》の前を緩くはだけさせ、机代わりの四角い『銭形平次』に出て来るような火鉢を前に、両切りの缶ピースを吸っている。僕らを見据える目は、前にテレビで見た事のある日光の鳴き龍《りゅう》のようだ。部屋には風格のあるお香のにおいが漂っている。

鶴光師匠が切り出す。

「師匠、今度弟子になりました光茶です」

松鶴師匠の目がギロリと不機嫌な動きをして、

「コ、コ、コウチャ？　喫茶店やあらへんねんさかい、そんな名前あけへん。ア、アホか！　笑う光るでショーコウにしとけ！」

松鶴師匠命名で笑福亭笑光《しょうこ》が誕生した。

六十を超えた、鬼瓦《おにがわら》みたいな顔をした松鶴を頂点とする笑福亭一門。仁鶴に続く鶴光の快進撃。僕は、憧《あこが》れの笑福亭の末席に滑り込んだ。松鶴一門は大所帯だ。とにかく噺家《はなしか》の数を増やさなければ上方落語は再び衰退するという思いで、松鶴は来る者を拒まなかった。

筆頭の仁鶴、その下に枝鶴《しかく》、鶴光、福笑、鶴三《かくざ》、松枝《しょうし》、呂鶴《ろかく》、松葉《まつば》、手遊《おもちゃ》、鶴瓶、小松、松橋、璃鶴《りかく》、一鶴、松竹《まったけ》、鶴志……

弟子の花が咲いていた。師匠に可愛《かわい》がられている者、嫌われている者、いつも怒られて奥さんに慰められる者、それを師匠が嫉妬《しっと》して更に怒られる者、深い愛で接してもらえる者、軽くあしらわれる者。

師弟関係に相性は重要だ。うまく泳ぐ者もいれば、もがいて溺《おぼ》れ藻屑《もくず》と消えた者もいる。玉石混淆《ぎょくせきこんこう》、笑福亭はきらびやかな海だった。

仁鶴は、脂の乗り切った鯛《たい》だ。

鶴光は、海から鮮やかに海面を飛び日光に鱗《うろこ》をキラリと光らせる飛び魚だった。僕は飛び魚の背ビレに摑《つか》まった。

落語家の師匠の方針は、それぞれお家によって違う。しっかりお宅に同居する内弟子パターンもあれば、近くに部屋を借りて通うパターン、仕事場のみに付くパターンなどがある。

鶴光師匠の人気は絶頂で、二十代後半にしてスケジュールに余白はなかった。今までの住吉の二戸イチ借家を出て、千里丘駅と毎日放送の間の坂の中腹に三階建て注文建築の豪邸を購入する勢いである。

僕が高校を卒業した直後、師匠一家は千里丘に引っ越してきた。兄弟子の学光兄さんと僕は最大の引っ越し労働力となった。一家は師匠、奥さんの成子《なりこ》さん、長女で五歳の茜《あかね》ちゃん、三歳の慎太郎《しんたろう》くんの四人家族で、僕ら内弟子は、子供部屋に間借りして寝泊まりすることになった。

師匠は毎日放送ラジオの『ヤングタウン』と同テレビの『スタジオ2時』のレギュラーを持っていたし、新大阪にも伊丹《いたみ》空港にも近いので千里丘移住を決めたのだろう。図らずも僕が生まれ育った大阪府茨木市のすぐ隣の駅の千里丘で、見習いではなく正式な？　修業の日々が幕を開けた。

落語家にとって、奥さんの存在は絶大だ。代表格は鶴光師匠の兄弟子である仁鶴師匠の奥さん、隆子《たかこ》さんである。元々吉本《よしもと》新喜劇の女優さんだった隆子さんは「隆子

ていた。

噺家の看板を大きくするための夫婦春秋《めおとしゅんじゅう》。成功した落語家の妻を体現していた。

六代目笑福亭松鶴夫人は「あーちゃん」と呼ばれ弟子たちに愛されていたし、桂米《べい》朝《ちょう》夫人は、これまた「ママ」として慕われている。

鶴光夫人の成子さんもその流れに憧れていた。そして、その鶴光夫妻が最もイキオイのある時に弟子となったのが、学光兄さんと僕だった。

内弟子のタイムスケジュールはこんなカンジだ。

朝は六時に起きて、幼稚園に通う二人の子供の弁当を作る。ウインナーはタコの形にして炒《いた》め、リンゴはうさぎの形に切ってキレイにレイアウトする。子供を起こして着替えさせ、朝食を食べさせる。目玉焼きなんかも僕が焼く。支度を済ませたら、自転車の前と後ろに二人を乗せて幼稚園まで連れて行く。戻って来たら、先《ま》ずは玄関掃除。師匠が飼っていた小さなカニクイザル「三吉」の檻《おり》は、毎日ピカピカに洗う。洗濯をしたらそれを屋上に干して、次は掃除機と拭《ふ》き掃除。昼頃に師匠と奥さんが起きて来られたら、お茶を淹《い》れてすぐさま食事の準備。師匠の衣装をスーツケースに入れ兄さんが学光兄さんが運転する車に運んで「ご苦労さまでーす!」とお見送り。兄さんが新大阪まで師匠を送っている間に寝室の掃除をして、兄さんが戻るとその車に乗り込み、奥さんの買い物の荷物持ちでスーパーへ向かう。帰って来たら、二人の子供を幼稚園に迎えに行って、戻って来るなり台所で夕飯を作る手伝いをする。子供達にご飯を食べさせて、風呂《ふろ》に入れる。バスタオルで身体《からだ》を拭いてパジャマに着替えさせて、子供部屋で絵本を読んで寝かしつける。奥さんがミナミまで飲みに行く時は「笑光もおいで」と言われたら、学光兄さんの運転する車に同乗してミナミへ向かう。カラオケで盛り上げて、更に裸になって笑いを取り、深夜三時くらいに千里丘に戻る。翌日は六時に起きて、子供を幼稚園に連れて行く。

師匠が大阪に居る時は、師匠が飲みに行って帰って来るまでは、起きて待っていなければならない。

内弟子とは、上からの理不尽な言いつけを無条件に受け入れなければならない最下層の存在である。

鶴光師匠も、自身の修業時代のことをよく話してくれた。

「俺が師匠に付いてる頃は、師匠もまだ五十代やったからなぁ。無茶な事言うわけよ。

俺、運転手やってたから『一方通行逆に行け！』とか『高速の出口から入れ！』とかな。そない言わはるから一方通行逆に入ったらパトカーに捕まって、師匠、窓開けて『ココ、コイツが悪いんですわ。わたいは止めたんですけど、一方通行入りよりましてん！』。ほんで減点で罰金払うの俺やねん」

鶴光師匠に限らず笑福亭一門の弟子は、松鶴の無茶な命令をどう乗り切ったかや、取り返しの付かない失敗をして師匠に怒られた話を、実に嬉しそうに話す。

すべて六代目の物真似《まね》のセリフが入る。

「師匠が怒ってる時は敬語になんねん。『あ、あ、あんさん、どこのどなたはんだした？　わてあんさんみたいな弟子持った覚えおまへん！』って言われてん」

と自慢気に第三者に語り、笑いの花を咲かせるのだった。

鶴瓶兄さんも「師匠、僕には落語ひとつも教えてくれへんねん」と悲しくも嬉しそうによく語っていた。

みんな、松鶴師匠を愛している。

『オールナイトニッポン』で全国に名前が売れた鶴光師匠は、東京の仕事が激増した。歌舞伎《かぶき》役者の尾上《おのえ》菊五郎さんや、作詞家の石坂まさをさんと夜な夜な飲み歩き、銀座でも顔らしい。

妻の成子さんは、元々三姉妹で大阪ミナミでスナックをやっていた。専業主婦に納まっても、夕暮れになると魂が疼《うず》いた。

経済的にも社交的にも夫が売れている今がその時とばかりに、千里丘の自宅の一階のガレージを改造してスナックをオープンさせた。夢の実現である。スナックの名前は師匠がペットに猿を飼っている事から「スナック モンキー」。そのままのネーミングだ。

バーテンは僕だ。早朝から始まる修業という名の子育て主婦業に、深夜のカウンター業務が加わった。家事をこなして子供の面倒を見ながらも、日が暮れると階下に降りてお客の水割りを作ってはライターでタバコに火を点《つ》ける。

大阪の放送局の人も飲みに来るし、東京からラジオのディレクターや編集者も飲みに来て、そのまま上の客間に泊まって行った。もちろん、布団の上げ下げや夜食を作るのも弟子の仕事だ。

「スナック モンキー」では、エイトトラックのカラオケでみんな歌う。

師匠が歌う『岸壁の母』に合わせて、僕が踊る出し物はよくウケる。

『勝手にしやがれ』を歌いながら順番に服を脱いで行くと、スナックが揺れた。笑福亭には裸になる伝統があるのだ。

勢いに乗る鶴光夫妻は、しょっちゅう宴会をした。スナックという根城があるから、ある意味毎日が宴会だったのかもしれない。

自宅屋上でビヤガーデンもやったし、スナックのお客さんと旅行に行ったりもした。その都度僕と学光兄さんはこまねずみのように働き、場を盛り上げる。

近所にあった松下電器の保養施設では、毎年桜が見事に咲いた。店の客に関係者がいたので、桜咲く広場で花見宴会をする事になって、スナックからビールサーバー、水割りセット、グラス、カラオケセット、おつまみは各自持ち寄りで、休日の昼間からビニールシートを敷いて二十人余りの宴会が始まった。

乾杯に始まり、そこからはカラオケ大会。各自スナックで鍛えた歌声を披露する。

「笑光も歌い！」

成子夫人に促されて『昭和枯れすゝき』を一人二役で歌い上げ、拍手をもらう。ここではまだ脱いではならない。

宴も二時間を過ぎると、皆さん桜の下でアーコリャコリャの良い気分。そんな中、月光仮面の歌が流れ、ターバンにサングラス、マントを羽織った僕がチャリンコで広場に乱入する。マントには「笑光仮面」と書いてある。

音楽に乗せてマントを脱ぐ。ターバンを取ると、禿《は》げヅラである。いや、禿げヅラに見せかけた、周りを残して頭頂部をツルツルに剃《そ》った地毛なのだ。帽子などを被《かぶ》っていると、見た目は普通なのだが、帽子を取るとキレイに禿げている。

師匠の鞄《かばん》を持って放送局などに付いて行って、ディレクターに挨拶する時にインパクトを与えるためにこの髪型にしていた。ちなみに学光兄さんはモヒカンだった。オモロい事ならどんどんやれやれ！　という教育方針だった。

マントを外してターバンを取ると禿げ頭。サングラスから丸メガネにかけ替えて、鼻の下にちょび髭《ひげ》を付ける。マントの下は縮みのシャツにステテコと腹巻き姿で「お呼びでない？」の植木等《ひとし》スタイルになる。

続いてステテコを脱いだら、ブルマが出て来てその下は網タイツ。更に紫のカラーパンストを穿《は》いている。

上半身縮みのシャツを脱ぐと、地肌にマジックでウルトラマンの模様が描《か》いてある（早朝学光兄さんに描いてもらった）。

ブルマ、網タイツとパンストを脱ぐと、日の丸の刺繍《ししゅう》が入った越中ふんどし一丁に。

月光仮面の歌に合わせて結び目をほどき、スルリ！と鮮やかに一糸纏わぬ姿になって紙吹雪を撒《ま》きながら場内を走り回り、宴会客をのたうちまわらせて終了。

宴会では、最初から裸になってはいけない。まだ酒が浅く冷静な人が大半だし、いきなりすべてを曝《さら》け出しては、そのあと何をやってもウケなくなる。

そんな当たり前な事も、何度かの火傷《やけど》で身に付いた。

いかに全裸になるか。宴会のピークをいかに盛り上げるか。裸になるとシラケる場合もある。プロセスと場の空気を読む事が最も重要なのだ。

正月、ゴールデンウィーク、お盆は師匠が道頓堀角座《どうとんぼりかどざ》に出演する。千人は入るマンモス劇場だ。僕は鞄を持って付いて行く。超満員の客席がどよめく。かしまし娘、宮川左近ショー、夢路いとし・喜味こいし、レツゴー三匹、正司敏江《しょうじとしえ》・玲児《れいじ》には寛太・いま寛大。錚々《そうそう》たるメンバーだ。この並びでは鶴光師匠はまだまだ若手である。

しかし今や一番の売れっ子だ。成子夫人は、楽屋の師匠連に食べてもらう弁当の重箱を連日作った。弁当作りの助手はもちろん学光兄さんと僕だ。卵焼き、唐揚げ、肉団子、ハンバーグ、ウインナー、チンジャオロースーやおにぎりなどを朝からせっせと作って、三段の重箱に詰めて持って行く。昼時になると皆さん、少しずつおかずをつまんで、鶴光師匠の株は上がる。

東京の厚生年金会館大ホールでリサイタルを開いた時も凄《すご》かった。師匠の楽屋のお世話と『ア！なんだなるほど節』という歌の時にバックで踊るのが弟子の仕事だ。ゲストに人気絶頂のアイドル達が名を連ねる。『鶴光のオールナイトニッポン』の人気とパワーは凄い。木之内みどり、林寛子《ひろこ》、岡田奈々に小林麻美《あさみ》。実物のアイドルが、僕の至近距離を往来する。時には肩がぶつかったりもする。「おはようゴザイマース！」と楽屋入りして来たそれぞれのアイドルは、地味な私服で判別がつきにくいが、リハーサルが始まると「お！　木之内みどりや！」「岡田奈々、普段は眼鏡かけてるんや！」と輪郭がハッキリして来る。いかにも業界っぽいスーツを着たマネージャー達も、売れっ子アイドルを担当している自負で颯爽《さっそう》と廊下を行き来する。アイドル達はすれ違うたびに、みんないいニオイがした。さながらアイドルのサファリパークの中心に放たれた僕は、全身が脈打ち、ステージ袖《そで》では甘酸っぱい唾液《だえき》が口の中を循環し続けていた。

師匠が地方に余興に行く時に、鞄持ちとして連れて行ってもらう事もある。一ステージだいたい三十分。師匠がデパートの屋上の特設ステージに登場し、軽く小咄《こばなし》で笑いを取った後、ヒット曲『うぐいすだにミュージックホール』を歌う。そしてもう一曲『イザベル～関西篇《へん》～』を歌った後に僕がステージに呼ばれて師匠と漫才をして時間を稼ぐのだ。落語家が余興でよくやる「一から十」と「しりとり」のバカバカしさが僕は大好きで、それを師匠と二人で演じるのが嬉しくてしょうがない。

「ホナ笑光、一から十やりましょか？」

「師匠、一から十ってなんですのん？」

「世の中なんでも一から十で表現出来るんです」

「と言いますと？」

「例えば国の名前やったら、一、イギリス、二、ニュージーランド、三、サウジアラビア、四、シリア、てなもんや」

「なるほど！　うまい事言いますねえ。ほなやってみましょか」

「じゃあ、まずは車の名前でいきましょか。ほなまずはワシから、一、いすゞ」

「なるほど、ほな僕は二、ニッサン」

「三、サニー」

「四《よん》、四輪車《よんりんしゃ》」

「なにを？」

「いや、車はだいたい四輪車」

「なるほど」

「師匠、五でっせ！」

「五輪車」

「そんなん無い無い！　五！」

「ゴロナマーク2」

「なんてー？」

「ゴロナマーク2」

「ゴロナとちごて、コロナとちゃいます？」

「イヤ、うちの地元ではゴロナ」

「ホンマですか？」

「ハイ！　六！」

「ロールスロイス」

「えらいまたええ車知ってるんねんなー、七！」

「ナショナルタクシー」

「え？」

「ナショナルタクシー。大阪駅前走ってる」

「そんなんアリかいな？」

「アリアリ。次八！」

「浜田タクシー」

「何です？」

「隣のオッサンがやってる個人タクシー」

「なるほど」

「九！」

「救急車！　最後十！」

「十全豆タン宣伝カー！」

「そんなんあるかー！」

　これでひとネタ。本の名前のパターンもあって、こちらは「一、イソップ物語」「二、日本昔話」「三、サンデー毎日」「四、週刊朝日」「五、ご本（本を丁寧に言うて）」「六、六法全書」「七、夏目漱石《そうせき》大全集」「八、八代亜紀歌謡大全集（レコードやがな！）」「九、九官鳥の飼い方」「十、十姉妹の殺し方」という内容だ。いちいち引っかかりながら、そこに突っ込みを入れて進行するのがメチャメチャ楽しい。

しりとりも面白い。

「甘いモンでしりとりしましょか。ほなまずはチョコレートの『と』」

「トーハトのクラッカー」

「キミ、トーハトの回しもんか？　会社の宣伝してどないすんねん」

「師匠、クラッカーの『か』で」

「カバヤのキャラメル」

「師匠も、カバヤの回しもんですか？　キャラメルの『る』」

「ルリコ」

「なんです？」

「ルリコ」

「そらグリコとちゃいますか？」

「いや、このへんではルリコって言うねん」

「ほんまですか？」

「ルリコの『こ』」

「こんぺいとー」

「あ、これはありますな。ほな、こんぺいとーの『と』」

「トーハトのキャラメル」

「トーハトばっかしやがな。キャラメルの『る』」

「ルーちゃん餃子《ギョーザ》」

「なにを？」

「ルーちゃん餃子」

「ルーちゃん餃子のどこが甘いねん？」

「ルーちゃん餃子に砂糖かけたヤツ」

「そんなアホな！」

「砂糖かけたヤツの『つ』」

「つけもんに砂糖かけたヤツ」

「ええかげんにせー！」


楽しいなぁ。

僕はもちろん鶴光の弟子ではあるが、ファンでもある。師匠の小咄はとにかくオモロい。道頓堀角座の高座はストーリー性のある落語よりも、短めの小咄で笑いを取る。

「ご苦労さまです！」と舞台袖から師匠を送り出す。

生のお囃子《はやし》に乗って、師匠が登場しセンターの座布団に座り「カチャッ」と乾いた音を鳴らして拍子木を見台に打ち付けると「ドンドン！」と太鼓が囃子を締める。

「鶴田浩二略してツルコウです」ドカーン！　客席に爆笑がうねる。いつもの摑みだ。

次は僕の好きな九官鳥の話だ。

「わたいの師匠、松鶴言いまんねんけど、家に九官鳥飼《こ》うてましてね、この九官鳥が師匠の口癖『だ、誰《だれ》や？』しか喋《しゃべ》りまへんねん。ある時師匠が一人で留守番してはって、二階で寝てはる時に裏口から酒屋のご用聞きが入って来て、九官鳥が『だ、誰や？』『酒屋です！』『だ、誰や？』『酒屋です！』『だ、誰や？』『酒屋です！』『だ、誰や？』『酒屋です！』。酒屋可哀想《かわいそう》に気ィ失《うしの》うてしもてね（この設定はよく考えたらナンセンスですが）。そこへ二階から師匠が降りて来はって、倒れてる男見て『だ、誰や？』。ほな九官鳥が『酒屋です！』」

オモロい。客席がウケているのを聞いて、僕も袖で毎回笑う。

バナナの話も大好きや。

「朝ご飯食べる時間無かったんで、家出る時にバナナ三本持って右と左と後ろのポケットに入れて出かけましてん。駅着いたら電車は満員。吊《つ》り革持ってガーー！ 揺られてるうちに右のポケットのバナナがグシャ！ またガーー！ 揺られてるうちに今度は左のポケットのバナナがグシャ！ 残り一本なんとか潰《つぶ》れんようにグーッと握って、電車が着いて降りようと思ったら、後ろからコワイ顔したオッサンが『ええ加減に放したらどないや』」

なんべん聞いても爆笑してしまう。

一九七八年、二月。

自宅の二階で晩酌をしていた師匠が僕らを呼んだ。

「おえ！ 学光、笑光！ こっちおいで」

「はい！」

台所で元気に返事をして、すぐに和室に出向いて正座する。

「今日な、新幹線でヤンタンのプロデューサー渡邊さんに会《お》うたんや。誰か若手の落語家でイキのええの、おらへんか？ って言われたんで、ウチの弟子二人行かせますわ、言うといたで」

「ホンマですかー！」

「まだレギュラーに決まったわけやない。オーディションやから、とりあえずお互いライバルや思て行っといで。渡邊さんは通称『オニナベさん』言うて、恐《こわ》い人やでー。ま、当たって砕《くだ》けろやな」

「わかりましたー！　ありがとうございます！」

キタキタキタキター！　こんなに早くチャンスがやって来るとは。イキナリ、夢にまで見たヤンタンや！　まだ内弟子になって一年弱やで。これは負けられん！　何が何でもレギュラーの座を手に入れてやる。間違ってなかった。鶴光師匠に弟子入りして、本当に良かった。


一週間後、二十四歳の学光兄さんと、十八歳の僕は、揃《そろ》って毎日放送に向かった。師匠の鞄持ちで何度も来てはいたが、今日は僕らが主役である。師匠に付いて行く時は、毎日放送までは学光兄さんが運転。師匠が助手席で、僕は後部座席。局の玄関で師匠と僕が降りてスタジオへ。学光兄さんは、本番終了後に迎えに来る。

しかし、今日は僕らのオーディションだ。徒歩で師匠宅から千里丘の駅前まで下って、松竹芸能のマネージャーと待ち合わせる。パチンコ屋ミヨシセンター前から気合いの入った僕らを乗せたマイクロバスは産業道路を経て丘を登り切ったところで玄関前に到着した。マネージャーが守衛さんに軽く一声かけて、入り口を通過。その先の通用門から本館に入る。黒く光ったアクリルの廊下を進むと、正面玄関のエントランスに出る。付き人で来る時と流れる空気が違うような気がする。受付のお姉さんの視線も厳しく感じる。今までは師匠の鞄を持って後に続いたが、今日は自分の鞄と夢を抱いて、螺旋《らせん》階段を登って二階へ。勇敢なマーチが頭の中でグルグル鳴っている。更にアクリルの廊下を、甲子園に初出場した高校球児のように勇ましく進むとラジオのスタジオだ。ここまでは何度も来た事があるのだが、その先は未知のエリアだ。更に進むと三階への階段に行き着く。

ラジオ制作部は三階にあった。『ヤングタウン』のデスクは一番奥らしい。マネージャーに導かれてキョロキョロしながら、雑然と書類などが積み上がったデスクのジャングルを進む。制作部の一番奥地の窓際の席に、酋長《しゅうちょう》のようにタバコを燻らす、色黒の月の輪熊《ぐま》のような顔をした男が居た。マネージャーが声をかける。

「おはようございます。なべさん、鶴光んとこの学光と笑光です」

この人がオニナベさんかー。

「笑福亭学光です」

「笑光です」

「よろしくお願いします！」

「ほいほい」

渡邊さんが相槌《あいづち》を打つ。

ほいほい？　ハイハイの事かー。

「ほいほい、ほな要《かなめ》、七スタへ降りよか。あ、彼な、構成の寺崎《てらさき》要」

「どもー。要です」

『ヤングおー！おー！』の構成やってる人や。エンディングで毎週名前を見て知っていた。百八十センチはある身長に、肥満の手前ぐらいで踏み留《とど》まった身体は威圧感がある。肩にかかりかけた中途半端な長髪が、いかにも業界人っぽい。二階の七スタに降りて、渡邊さんが切り出す。

「ほいほい、いっぺんどんなトークするか聞かせてくれるかな？　ほな、まずは学光君から。テーマは、キャンディーズとピンクレディーについて」

突然その場で、旬のテーマが出された。

「わ、わ、わかりました」

緊張で青白い顔の学光兄さんがスタジオに入ってマイクの前に座る。

「ほな、キュー!」

渡邊さんが右手を前に翻《ひるがえ》しスタートを促す。

「えーーーー、わたくしが笑福亭学光と申しましてーーーーキャンディーズ、エラいもんですなー。キャンディーズねー。ランちゃんとスーちゃんと……もう一人いてはりましたが……えーーーー、キャンディーズとかけましてー、楽しいなーと解きます。その心は、ランランランラン……バンザーイ! バンザーイ!」

副調整室の空気がユラッと淀《よど》む。


勝てる!


兄弟子とはいえ、この場は『ヤングタウン』への切符を賭《か》けての戦いだ。スタジオの外のどんよりとした空気を察知する事なく、学光兄さんのもっさい噺家丸出しのトークは続く。

「……ピンクレディーとかけまして、人間の身体と解く。その心は、身も毛もあるでしょう。つつ、つまり、ミーもケイもあるでしょう……身ーも毛ーもあるでしょう、バンザーイ! バンザーイ!」

渡邊さんの顔面はピクリとも動かない。ダダスベリである。『ヤングタウン』のオーディションでなぞかけって⁉ そんなオッサン臭い事やってどないすんねん！ 僕は心の中でツッコミながら、ヨッシャー、その調子でもっとすべれー！ と念じた。チャンスで打席に入ったが空振り三振に終わったバッターのように、肩を落として汗だくでスタジオから出て来た学光兄さんと入れ替わりに、打つ気満々の僕がスタジオに入る。

「ほいほい、ほな笑光君も同じテーマで、キュー！」

「ワー！ ワー！ 鶴光の弟子の笑光でーす。そうそう葬式の時にやる、そら焼香がな！ 縁起悪いなー。いやー、もう、いっつも師匠にいじめられてます。弟子の事人間やと思てないからね。師匠の奥さんが、またブサイクな顔してて、あ、これ、ここだけの話ですけど……。あ、そうそうキャンディーズとピンクレディーの話でした。キャンディーズが解散する時に、結構借金あったみたいです。私たちはシワヨセでしたー！ 言うたりなんかして。こんな歌もありましたねー ♪アイツはアイツはカワイイ　去年から男の子～。前は女やったんかえー！ こんなんもありました。♪スライスして皮をむいて並べてゆきます　突然来た客に対してつまみに出します　ボンレスハムですねえ　ちょっとつまんでみませんかー。中元でもろたんかい！」

恐る恐る副調整室をチラ見する。

渡邊さんが、要さんと顔を見合わせながら、笑っている。


ウケてる。


更に畳み掛ける。

「ピンクレディーには、こんなんもありましたねー。♪私の免許は仮免でっす！　教習所行ってんのかい！　♪セクシー　あなたはセクシー　わたしはイチコロでダウンよ　もうにっちもさっちもどうにもブルドッグ！　ヘイ！　歌変わっとるがなー！　♪チャッチャヤッチャッチャヤッチャー　ララ　ユンピョウ！　香港《ホンコン》の俳優かえー！　どうもー、笑福亭笑光でしたー！　僕の夢はヤンタンに出る事です！　ヤンタンに出られるなら死んでもいいです！　あ、ウソウソ。よろしくお願いしまーす！」

喉《のど》はカラッカラに渇いていたが、弾《はじ》けて喋る事が出来た。あとは判断を仰ぐしかない。渡邊さんが事務的に告げる。

「ほいほい、実はね、今木曜のヤンタンで鶴光ちゃんとアナウンサーの角淳一君と一緒に出てもらってるあのねのねの原田伸郎君を水曜日に独立させるためのサブを探してるねん。要と相談して会社に連絡入れるから、今日はこの辺で。ほいほい」

「ありがとうございましたー！　よろしくお願いしまーす！」

マネージャーと三人で深くお辞儀をして、アクリルの廊下を通用門まで戻り、マイクロバスに乗って丘を降りた。

学光兄さんが善良で地味な口調で僕に言う。

「笑光の方がヤンタンに向いてるで。僕、若い人の事わからへんし……」

「そんなことないですよー。まだどうなるかわかりませんよー」

と言ったものの、心の中では「ウッシッシ！　いただきました！」とほくそ笑みながら師匠宅に戻った。

『ヤングタウン』のオーディションには、やはり僕が合格して、一九七八年の四月から夢のレギュラーになった。

メインは「あのねのね」の原田伸郎さん、アシスタントはヤンタンの堀江ディレクターが沖縄取材の時にインタビューと称しナンパした、アニメのような声が特徴の女の子だった。彼女が滋賀《しが》県在住という事で、構成の寺崎要さんは「大津びわ子」と名付けた。のぶりん、びわりんの愛称が一気に定着し、僕「笑福亭笑光」と伊東正治《まさはる》アナウンサーがコーナーを受け持った。

僕が担当したのは『笑光の涙の内弟子日記』というコーナーで、毎週ギター片手に弟子修業の辛《つら》さを嘆くという内容だった。

「笑福亭笑光十九歳。毎日師匠にいびられて、いじめられて、涙をこらえて耐えている、涙の内弟子日記～」

という口上から始まる。

師匠夫妻はオモロかったら何を言うてもかまへんと言ってくれていた。虚実織り交ぜて、毎週五分のコーナーに全力を賭けた。内容もどんどんエスカレートして行く。ろくにご飯を食べさせてもらってないとか、師匠が使ってウケるギャグはすべて僕が考えているとか、師匠の身体は貧弱だが奥さんはビヤ樽《だる》みたいな肥満体だとか、飲み代のツケを払うためにゲイバーで働かされたとか、師匠の落語は下手とか、カニの殻を食わされた、腐ったカニも食わされたとか、師匠の嫁はんは化け物とか、ある事ない事を怨《うら》み節として語る。

もちろんちゃんと食事はさせてもらっていたし、誇張表現がウケたのだが、心のどこかで実際に思っていた感情のカケラがリアルに見え隠れして伝わっていたのかもしれない。

師匠夫妻は放送をおそらく聴いていなかっただろうと思う。

しかしヤンタンの中では、イキのいい若手が入って来たという評判になっていたようだ。

並行して『笑光の京大一直線のコーナー』も始まった。時代は丁度、大学入試の共通一次試験元年である。十九歳の僕が、毎週受験勉強の成果をギャグ絡みで発表する。

そして実際に京都大学と原田伸郎さんの母校の京都産業大学を受験した。

結果は当然の事ながら両校とも落ちて、プロデューサーの渡邊さんは、

「あかんかったか。ほな次は、今、犬の美容師になる若い人が多いらしいから、笑光も勉強に行って毎週レポートしたらどないや？」

と提案されたが、これは実現しなかった。

内弟子生活から堂々と解放されて、毎週ヤンタンの現場に行くのが楽しい。

奥さんの機嫌が悪い時でも「ヤンタン行ってきます！」と言えば、竜宮城に向かう事が出来た。

師匠のお宅から毎日放送までは坂を登って徒歩で二十分かかるが、勾配《こうばい》を登る毎《ごと》に足取りが軽くなる。

ヤンタンのある水曜日以外は内弟子生活である。早朝から翌日明け方まで起きているので、慢性的な睡眠不足だ。

店番をしている時に居眠りをしているところを奥さんに見つかると、「エラならはりましたなー」と正座説教の時間がやって来る。奥さんはいつも話すうちに妙にテンションが上がって、とりとめのない話に発展してしまう。ウツラウツラしては、また怒号が飛ぶ。

いつからか、こんなんやってる場合か？　と疑問の風が脳裏でザワつくようになっていた。そんな思いも、放送ではギャグを振りかけてオーバーに語っていた。

「何でも言う事聞きます」と十六歳の時に見習いで弟子入りして、最初の頃は「物置片付けといて」「ベランダの排水溝が詰まってるから掃除しといて」「裏の道の草を抜いといて」と指示されると、用事を与えられた事が嬉しくて、キャンキャン喜ぶ座敷犬のように働いた。奥さんも満足そうだった。学光兄さんと僕は、決して逆らう事の無い従順な手下なのだ。でも、ヤンタンのレギュラーをもらってからは、成子夫人に「洗面所、磨いといて」と言われても「今日ヤンタンなんで、明日やります」と言い残す事にちょっとした優越感を覚えるようになっていた。

家事に費やす力を、ヤンタンに注ぎ出したのだ。

「師匠の奥さんは、全く家事をしない」とか、「師匠の娘と息子は出来が悪い」とか、実感を伴った怨み節は更にエスカレートしていった。

構成の要さんはもっと漫画みたいにオーバーにやれ！　と演出し、僕は素直に従った。コーナーの中では、師匠は悪代官キャラで、奥さんは高慢なヒステリー女と化し、僕は嬉々《きき》として演じていた。

内弟子怨み節のコーナーがパターン化してくると、今度は身体を張ったコーナーが始まった。毎週いろんな記録に挑戦する『笑光の笑い求めて三千里のコーナー』だ。「パンツの中に氷がいくつ入るか（八十個）」「足にガムテープを巻いて一気に剝《は》がし、すね毛が何本抜けるか（二百本）」「真夏に外灯の下にパンツ一丁で一時間立ち、蚊に何ヶ所刺されるか（二十七ヶ所）」「生のタマネギ一個を何秒で食べられるか（途中棄権）」。前の週に翌週何をやるか告知して予想はがきをもらい、当たった人にグッズをプレゼントするのだ。オモロそうな事は何にでもがむしゃらに挑戦する。「ギャー！」などというリアルな僕の反応が、姿が見えないラジオだからこそ余計に想像力を掻《か》き立てて評判になった。

水曜日以外はほとんど連日バーテンをしているので、いろんなお客さんの相手をする。

通勤の人達が行き交う、住宅街の坂の中腹にあるスナック。いろんな人がカランコロンと扉を開けた。鶴光の店という評判も広まっていた。

そんなある日、二十三歳の女の子が一人で店に入って来た。坂の上にある信用金庫の寮に住んでいて、長崎から出て来たと言う。

店の前を通る度に中の盛り上がりが気になっていて、会社の帰りに勇気を出して入ってみたのだと言う。

茶色がかったショートカットで色白。百六十五センチはあるだろう。背が高いのがコンプレックスなのか連日のデスクワークのせいなのか、少し猫背である。

セーラムの白いフィルターにややぼやけた赤いルージュを残しながら、細い指でタバコをトントンと二回ノックして灰を落とす作業を繰り返す。

グリーンのアイシャドーが少し濃い目の、田舎出身を隠して都会の女を演じるＯＬ。

百合《ゆり》ちゃんに見初められた。

こちとら夢を追いかけ修業に励む、十九歳のイキのいいバーテンである。

彼女が通って来る。師匠の奥さんも察知して、「あんたら将来結婚しー」などと無責任な事を言う。

百合ちゃんはだんだんその気になって、通う頻度が上がってきた。

僕は及び腰だ。まだまだ果てしない夢があるのだ。ここらで手を打っている場合ではない。

しかし十九歳。誘惑には弱い。

立っているだけで汗ばむような夏の夜だった。週に一度の解放日「行ってまいりまーす！」と師匠宅を出ると、五十メートルほど行った電信柱の陰から百合ちゃんがヌーッと出て来た。

水曜日がヤンタンの日である事は当然知っていて、彼女はラジオも欠かさず聴いてくれていた。

「送って行くよ」と言っても、徒歩である。

「うん」と答えて二人で坂を登る。

これはチャンスだ！　とわかってはいる。

恋愛感情とか、そういう問題ではない。

誘いだ、誘い。誘いに乗るのが男だ。分別ある男は躊躇《ちゅうちょ》しなければならない。だが、十九歳の落語家修業中の男は、躊躇してはなるまい。どうするべきだ？　唇を奪うか？　幸い人通りはほとんど無い。どうする？　どうする？　どうする？　どうする？　と思っているうちに、毎日放送の入り口に着いてしまった。

時計を見ると、入り時間より十五分早い。

百合ちゃんに聞いてみる。

「この辺に、二人になれるところない？」

ミエミエの促し。辺りは二人になれるところだらけである。

「神社があるわ」

と百合ちゃん。池のカエルがケロケロと合唱する。ほとりには鳥居が連なり、境内へ続いている。境内まで行くと入り時間をトチってしまう。

赤い鳥居に百合ちゃんを追い詰め、カエルの声をＢＧＭに唇を奪った。奪った割には、むしろそれは望まれていて、喜びと欲求を伴った百合ちゃんの舌が攻めて来る。

この時彼女はオーバーオールのジーンズを穿いていた。前身頃のクリップを外して、シャツのボタンに手をかける。

ケロケロケロというカエルの声が耳の中で拡散して我に返る。ヤバイ！　入り時間を五分過ぎていた。

「ゴメン！　行くわ！」と緑の雑草と泥がこびり付いたジーパンを上げて、通用門に走った。制作部に上がる前にトイレで身だしなみを確認し、汗だくで階段を上がる。

この日挑戦するのは「五分間に反復横跳びが何回できるか」だったが、本番前にそれ以上の運動をこなしても、疲れるどころか心躍るのが十九歳の特権である。

それがキッカケで百合ちゃんの熱は更に上がり、より馴《な》れ馴れしく通って来るようになった。奥さんも面白がって盛り上げるが、そういうこっちゃないねん！　と冷たい態度で接し続けると、「ずっと応援してるから」という手紙を最後に姿を現さなくなった。噂《うわさ》で長崎に帰ったと聞いた。

第二章　軋轢

ヤンタン的に評判が上がってきた頃《ころ》、渡邊さんは新たなチャンスを僕にくれた。ナイターオフの一時間番組を担当させてくれると言う。『笑光のミュージックマガジン』の担当ディレクターは、前述の堀江さんという鶴瓶兄さんのヤンタンを担当している人だ。

僕も、十九歳で初めてメインの番組をやらせてもらう事になり張り切った。だが、ペース配分が出来ず、関西弁でワーワーまくしたてては空回りした。業を煮やした渡邊さんが「笑光、東京弁でやってみ」と違う角度からのアドバイスをくれて、自ら台本まで書いてくれたのに、浮上出来ずに三ヶ月で「笑光ひとりじゃ限界」と補強策を取られる展開となり、最終的に新人の杏里《あんり》と二人で番組をやる事が決まった。十九歳の僕と十七歳の杏里で『笑光・杏里のミュージックマガジン』は再始動した。

『オリビアを聴きながら』でデビューした杏里は初々しく、「どんな音楽聴いてるの？」と質問したら「ポール・モーリアとか」と言っていた。

堀江ディレクターは言う。

「いろんな人のコンサートに行ったり、映画観《み》たり本読んだりして勉強しーや」

もちろんそれはわかっているが、こちとらなにせ師匠夫妻が中心の暮らしなのである。

夕飯の手伝いの時、野菜屑《くず》を生ゴミ専用のゴミ箱に捨てた後、空になったボウルを洗いながら奥さんに言ってみた。

「ヤンタンのディレクターに、コンサートや映画観て勉強した方がいいと言われたんですが」

奥さんの答えはこうだ。

「そんなもんアンタ、観てない映画を、さも観て来たように喋《しゃべ》るのが芸人や」

え？ ちゃうでー。なんか、こんな生活おかしいんちゃうん？ 奥さんにそう言われて、パチッと音を立てて自我が目覚めた。

確かに、鶴光師匠の芸風は自分がこう思うという主張型ではなく、相手が困るような突っ込みを入れたり、常識では絶対にしない質問をしたりするタイプだ。深夜の生放送で女性リスナーに向かって「乳頭の色は?」「ええ乳してまっか?」「パンツのゴムの音聞かせて」などという質問を浴びせる。それがウケていた。その表現も好きだが、二十歳の僕にはまだ技術も無いし、いろんな体験をした事を語りたいと思うのだった。鶴瓶兄さんがそうだ。大学時代にバイトしていた時の話や、学生時代の友人の話はどれも面白い。それに憧《あこが》れて、僕は高校に通っていた見習い弟子時代にトークのネタにするためにいろんな思い出作りを率先してやったのだ。

体育祭の応援合戦も、卒業式の答辞も、実体験のエピソードとしてゆくゆく語るために、意図的に仕掛けた事だった。

そんなエピソードをヤンタンデスクで渡邊さんに語ると、「ほいほい、オモロい事やったんやなぁー」と言ってくれたし、今こそ積極的にいろんな経験をしてそれをラジオで語るべきだと思うのだ。

ところが、現実は修業と言う名の拘束の日々である。行動するフィールドが狭いので、内弟子生活を語るのにも限界を感じる。封建社会を承知で入ったのだが、ちゃうでー! ちゃうでー! と日増しに自我が膨らむばかりだ。これは我が儘《まま》なのだろうか? 観てない映画を、さも観て来たように喋るのが芸人なのだろうか? 映画やコンサートをいっぱい観たいなぁー。これって現実逃避したいだけなのかなぁ。

今や掃除、洗濯やバーテンの日々を繰り返す、ヤンタン以外の六日間を虚《むな》しく感じる。

『ヤングタウン』に連れて行ってもらって、ようやく気が付いた。

落語家になりたくて鶴光師匠に弟子入りしたんとちゃう。『ヤングタウン』に来たかったんや！

となると、師匠の奥さんの言いつけを嫌々やってる感じが態度に滲《にじ》み出し、わざと奥さんの癇《かん》にさわるような事をやったりする。やらされている感じが漂うと摩擦が生じるのは必至で、心地の悪い煙が少しずつくすぶり始めた。

そしてほどなく軋轢《あつれき》はバチン！　と音を立てて、水と油のように遊離し始めた。磁石のN極が、S極に変位したかのようだ。

「アンタ、イヤイヤやってんねんやったら、いつ辞めてもろてもええねんで！」

しょっちゅう奥さんに家を追い出されるようになる。

謝って家に入れてもらい、再び内弟子生活に戻る。

また怒られて、一日中往来に正座する罰などを受ける。

奥さんが呼んでも返事をしなかった事が逆鱗《げきりん》に触れた時などは、窓から洋服などの身の回りのものを投げ出され、タクシーを呼ばれて「実家に帰り！」と車に押し込まれた。抗《あらが》う気力も失《う》せて、実家に着いて辛《かろ》うじて荷物をトランクから引き上げて台所にしばらくうずくまっていた。

なんでこんな事やってんねやろ？　何と戦ってんねやろ？

気を取り直して、数日してまた謝りに行く。なかなかお宅に入れてもらえない。入れてもらえなくてもええか、なんていう思いで謝っても入れてもらえるわけはない。

それでも毎週水曜日になればヤンタンがあったし、師匠の関西の仕事の現場には顔を出す。師匠は多くを語らないし、一緒に余興のステージに立ったりもする。

全《すべ》ては奥さんありきなのだ。奥さん一人を攻略出来ないヤツに、多くの大衆を魅了出来るか？　という無言の教えなのだろう。

追い出されている僕は、茨木の実家に居る。追い出されているのをいい事に、コンサートに片っ端から出掛けたり、オールナイトの映画に行ったりする。すると、チョロチョロするのがまた奥さんの癇にさわる。

正直このまま修業が明けたら、笑福亭笑光として独立できるのではないか？　という甘い考えも腹の底にはあった。だがそれに気付いている奥さんも引き下がらない。

当初、落語家修業は三年と言われていた。高校を卒業して、もうすぐ三年になる。しかし、年季明けのタイミングは師匠夫妻の胸三寸なのだ。こんな風に師匠の奥さんとうまくいってないのでは先が読めない。

実家は古びた二階建ての借家だ。二階に二部屋あり、高校を卒業するまで僕は一部屋を独占していて、友人とオリジナル曲を録音したりLPを聴いたりしていた。隣の部屋を、妹と弟が二人で一部屋使っていた。長男の僕が内弟子になるために実家を出た後は荷物は整理され、二階の部屋は妹と弟が一部屋ずつ使っていた。

そこに中途半端な形で僕が戻ってきた。妹に頭を下げて、部屋の真ん中に箪笥《たんす》を置いて仕切りを作って、布団を一枚敷けるスペースをもらった。彼女はようやく手に入れた我が部屋に舞い戻って来た兄貴を、少し冷たい視線で見下ろした。

笑福亭笑光としてヤンタンには出ているが師匠の奥さんとうまくいかず追い出されている立場を、人に説明するのは難しかった。両親も心配はしてくれているが、具体的打開策を提示出来る立場ではない。それでもメシは食わせてくれる。ありがたい存在である。「息子を一人、事故で亡くしたと思うようにするわ」と言った母に、「どんな事があっても頑張るから！」と大見得を切った僕がこんな状態で戻って来て、面目ない事この上ない。師匠宅に謝りに行かず、映画やコンサートに通う息子をどう思っているのだろう？　と考えるだけで、とても居心地が悪いのだ。

そんな暮らしが一年くらい続いていた。

一方、笑福亭笑光としては、ヤンタンレギュラー三年目を迎えていた。乾燥したスポンジが水を吸うように、映画やコンサートに出掛けていろんなタイプの表現を見聞きし、オレには何が出来るかなぁとワクワクしていた。こうなると、あの窮屈な内弟子生活にはもう引き返せない。師弟関係から逃避して、あっちこっちをウロウロしていた。山下達郎、ザ・ナック、もんた&ブラザーズ、ゲイリー・ニューマン、ヴィレッジ・ピープル、アナーキー、ニコレット・ラーソン、杉田二郎、ハウンド・ドッグ、甲斐《かい》バンド、J・ガイルズ・バンド、ザ・ジャム、EPO、石川優子、桑名正博などのコンサートの他に、つかこうへい事務所、東京ヴォードヴィルショー、ミスタースリムカンパニーなどの演劇も随分観に行った。

高校の時にレコードをよく聴いていた金森幸介さんのステージにも、時々足を運んだ。レコードではバックバンドが演奏していた歌を、ライブハウスではギター一本で歌詞を噛《か》みしめるように歌う。歌う事を心底愛《いと》おしいと思っているのが伝わった。

師匠宅を出て宙ぶらりんの立場の僕の心に、『もう引き返せない』という歌が刺さった。

いくつも季節が　過ぎていった
はがゆさばかりを　後に残して
誰《だれ》も傷つきは　しなかったけれど
誰もが痛みを　甘えを知った

夢は色あせてく　僕は年老いていく
でもまだへこたれちゃいない
夕陽《ゆうひ》を追いかけていく　奴《やつ》の歌が聞こえる
もう引き返せない

夢はまだまだ色褪《いろあ》せてはいないし、僕はまだ若い。ちょっと後ろ向きな歌だと思うけれど、この歌を聞く度に不安定な立場に喝を入れられるようだ。今の僕も、もう引き返せない。

師匠のお家《うち》に引き返せないのをいい事に、映画も年間二百本観ていた。映画館の椅《い》子に身を預けている間は、ややこしい師匠と奥さんとの関係を忘れた。スクリーンは二時間の治外法権だ。好みの映画監督の作品を順番に追いかけていったり、土曜日などはオールナイトで五本立てを観たりした。洋画に邦画。邦画もＡＴＧ、日活ロマンポルノからピンク映画。ピンク映画に物凄《ものすご》い芸術性が高い作品があったりして、そんな事も面白かった。

「昨日、こんな映画観ましてん！」

とヤンタンデスクに居た渡邊さんに話すと、

「笑光はいろんなモノ観て、よう勉強しとるなぁ」

と褒められた。

好きなコンサートや映画を観て褒められるとは、何というありがたい世界なのだろう。

普通の勤め人が映画を年間二百本観ていたら「アイツ、仕事もせんと何しとんねん?」と言われるだろう。それがこの世界では「よう勉強しとるなぁ」か。よーし！勉強するぞー！

そんな竜宮城に逃避して、現実の不条理な内弟子生活からの脱出を続ければ続けるほど、師匠サイドの憤りグラフは右肩上がりになる。それも察知してはいたが、もはや僕の心は、「師匠夫妻に嫌われてもいいからヤンタンチームから愛されたい」というギアに切り替わっていた。

師匠宅をズラカっていた僕は、映画やコンサートに出掛ける以外は大抵ヒマである。師匠のお家との隙間《すきま》については、育ちの良い、いつも笑顔で話を聞いてくれる堀江さんにも相談していた。

ある時、

「僕いつも実家でヤンタン全部聴いてます。本番中何か必要なものがあったら、ラジオで言うてもらったら何でもスタジオに届けますよ！」

と言った事がキッカケで、『出前の笑光のコーナー』が自然に始まった。イレギュラーで何日かに一回、ヤンタンが始まる二十二時のオープニングでラジオを通じてパーソナリティーが出前を注文する。それを茨木の実家で聴いた僕が原付バイクに乗って品々を買い集め、千里丘のスタジオに届けるという内容だ。レギュラーだったイルカさんの呼びかけでお好み焼きを届けたり、谷村新司さんのリクエストで何故《なぜ》か生理用品をスタジオに持って行ったりもした。

鶴瓶兄さんが盲腸で入院してヤンタンを休んだ日は、ピンチヒッターでスタジオに入ったのが明石家さんまさんで、その日のゲストは桑田佳祐《けいすけ》さんだった。

桑田さんとさんまさんは東京のニッポン放送『オールナイトニッポン』を担当していて、木曜日の一部が桑田さんで、二部がさんまさんだった。

その日も茨木の実家でオープニングから聴いていたら、さんまさんが、

「おい、笑光、聴いてるか。焼きそば買《こ》うて来てくれや。桑田クンは何頼みます？」

「じゃ、オレはハンバーグ」

と注文が来た。焼きそばは、まだ営業しているお好み焼き屋に飛び込めばなんとかなるだろう。夜十時過ぎにハンバーグを手に入れるのが大変だった。まず地元茨木のお好み焼き屋で焼きそばを手に入れて、郊外に出来たばかりのレストラン「フォルクス」に原付バイクで向かい、まだテイクアウトというシステムが無かった時代に、「今、ヤンタンの生放送で、どうしてもスタジオにハンバーグを持って行かなアカンのです！」

と平身低頭して入手。二十三時には千里丘のスタジオに、焼きそばとハンバーグが無事に届けられた。

番組終了後はみんなで梅田太融寺《たいゆうじ》の洋風居酒屋「ポテトキッド」に流れ、場はさんま兄さんのトーク爆裂で進み、その隙間に僕も割り込んで、若手の無尽蔵なエネルギ

ーをバーボンソーダ割りと共にぶちまけた。サザンオールスターズが所属する事務所「アミューズ」の大里会長もいた。構成作家の要さんも居た。

要さんはヤンタンの構成のチーフだ。新たなコーナーを考えたり、いろんなアイデアを出すのが仕事だ。

いつも嘘《うそ》をつくので、〝ウソツキ要〟と呼ばれていた。会議に遅刻した時などは、「親父《おやじ》がマリファナで捕まって、引き取りに行ってた」などと見え透いた嘘を言う。ディレクターが「台本まだか？」と催促すると、「机の上に置いた」と言う。さんざん探しても台本は無い。「やっぱり無いで！」と言うと「ここにあった！」とさっき書いた台本を鞄《かばん》から出す。

本質はつかみどころの無い人だが、この人の思いつき発言によってヤンタンは面白くなってゆく。

夏の終わりだった。

茨木の実家で、ＮＨＫのタケノコ族のドキュメンタリーを観ていたら電話が鳴った。

時計は夜十時を指している。

「笑光さんいらっしゃいますか？」

若い女性の声だ。

「笑光ですけど」

「えっ？　ホンマに笑光さん？　ちょっと待ってください。要さんに変わります」

「あーもしもし、笑光？」

「はい、笑光ですけど。何してはるんですか？　夜遅くに」

「乱交パーティーやってんねん」

「マジすか？」

「今から出て来るのは無理やろ？」

「行きます！」

「急いで来て。女の子は十二時になったら帰るから。千里丘で降りてタクシーに乗って千里コーポラス言うたらわかる。B棟の四〇八号室。表札に『中西ゆうこ』って出てるから。あ、それから着いたらインターフォンを三回鳴らすように」

「わかりましたー！」

エライコッチャ。ほんまかいな⁉　世の中に乱交パーティーってホンマにあんのー？　師匠の奥さんとこじれて鬱々《うつうつ》としていた二十一歳の僕は、パンツを穿《は》き替えて勇んで家を出た。

実家のある茨木から千里丘まで電車に乗って到着。タクシー乗り場に行くと、

「笑光さん、笑光さん、迎えに来ました」

と誰かが囁《ささや》くように呼ぶ。

ヤンタンアルバイトの水野である。

「どういう事になってんの？」

「とりあえず行きましょう」

助手席に座ると車は走り出し、水野が頰《ほお》を紅潮させて興奮気味に語る。

「もうムチャクチャな事になってます。要さんが企画しまして、僕もたまたま毎日放送に居てたもんやから、参加出来てラッキーでした。とにかく男の数が足りませんねん。いろいろ電話かけてあたってみたんですが、時間が時間でしょ」

「えー、何人くらい集まってんの？」

「女の子が十人ちょっと、男が四人しか居てませんねん」

「ほな、もうヤッたん？」

「ええ。今も盛り上がってると思います。要さんは二人ヤッたって言うてました。僕、

一番年下やから、迎えに行って来いって。けど、来る前に一人ヤリました」

「どんな女の子が来てるん？」

「今日、夕方のラジオが終わって、みんなでメシ食いに行きましてん。そこに要さんの知り合いの女の子がおって、今から女子だけでパーティーをすると。じゃあ、僕らも仲間に入れて！　という事になって、その子のマンションに押し掛けたんです。歳《とし》はねー、二十二〜二十三くらいやと思います。多分ＯＬですね。あんまり詳しい事、女の子に聞いたらダメですよ。女の子の将来もある事ですし。あんまり深く追及しないようにお願いします。あ、コンドーム買って帰らなあきませんねん。どっかこの辺に自販機ありませんか？」

「そこ右に曲がったらある」

「笑光さん、細かいの持ってませんか？　僕、二百円しかありませんねん」

「持ってる持ってる、俺が出しとく！」

車から降りて三百円のブツを入手した。

「タバコも足りませんねん」

「俺が買う、俺が買う」

マイルドセブンを二つ買う。

「とにかくもうみんな酔うてて、相当乱れてます。僕もビックリしました。ところで笑光さん、最近女性の方は？」

「あーねー、俺ら、さんま兄さんとか鶴瓶兄さんとかみたいに顔売れてへんし、全然あかんわ」

「ほな、今晩盛大に楽しんでください」

「ディレクターの増谷さんには連絡したん？　あの人も独身で彼女おらへんやろ」

「電話したんですけど留守でした。堀江ディレクターはもう来られてると思います」

「そーかー、こういう時こそ増谷さん呼んであげたら喜ぶのになー」

「そうなんですよ」

「ところでコンドーム六個で足りるか？」

「大丈夫でしょう。裏表使ったら」

「なるほど。俺もポケットにひとつ入れとこ」

車が千里コーポラスに着いた。駐車場には堀江さんの車が停《と》まっている。

「あ、堀江さんの車や。奥さんにバレへんかなー」

などと思いつつ、エレベーターで四階に上がる。四〇八号室、表札は「中西祐子」だ。ははー、祐子ってこういう字かー。インターフォンを三回鳴らす。

「誰や？」

要さんの押し殺した声だ。

「水野です。笑光さん、連れて来ました」

「よっしゃ、すぐ開ける」

ドアがゆっくり開いて、腰にバスタオルを巻いた要さんが手招きする。

「どういう事になってるんですか？」

「もうムチャクチャや」

玄関左手の洗面所には、みんなが乱雑に脱いだ下着やパンストの山が見える。ところどころにクシャクシャになったティッシュが散らばっている。要さんが右手の部屋のドアを少し開け覗《のぞ》き見て「笑光！ヤッてる！」と言う。視線の先に焦点を合わせると重なった男女が蠢《うごめ》いている。こらホンマやー！ホンマにヤッてるがなー！

続いて要さんが和室の襖《ふすま》を開ける。

「ヤッてる！」

ホンマやー！ヤッてるー！

「笑光、靴下脱げ」

「なんでですか？」

「なんでって、乱交パーティーやで。靴下脱ぐの常識やろ」

「はい」

と、その場で靴下を脱いで、部屋の隅にそっと置いた。

リビングのステレオからは淫靡《いんび》なバラードが流れている。女の子がソファーに気怠《けだる》そうに寄りかかっている。ソファーの裏にも女の子が酔いつぶれている。薄暗い部屋を見渡すと、露《あらわ》になった生足や重なり合った男女の姿が目に入る。

机の上には、飲みかけの缶ビールやツマミが雑然と置かれている。

へー、乱交パーティーってこんなんなんやーとドキドキしながら感心していると、

「笑光！　とりあえずシャワー浴びてこい」

と要さんが言う。

「なんでですか？」

「なんでって、乱交パーティーやで。シャワー浴びるの常識やろ」

「わかりましたー」

「浴びたらパンツ一丁で出てこい」

「え？」

「乱交パーティーやで」

「はい」

とシャワーを浴びてタオルで身体《からだ》を拭《ふ》いて、ジーンズのポケットに入れてあったコンドームをパンツのゴムのところに挟んでリビングに戻った。

周りは相変わらずお盛んな様子で、壁にもたれて座り観察していると、水野が僕の横にスルッと座り、

「どんな子がよろしい？」

と聞いた。

「どんな子？」

君は怪しいブローカーか！

「あの子どうです？　ソファーにもたれてる」

白いワンピースの清楚《せいそ》な子やんか。

「ええの？」

「もちろんです」

要さんが割り込む。

「水野、この子、奥の部屋に先に連れて行って」

水野が耳元で、

「笑光さん、僕さっきあの子とヤッたんです」

と言い残して、水野とワンピースの女の子は奥の部屋に入っていった。

要さんが導く。

「笑光、こっちの部屋に来て」

さっき男女がもつれていた部屋だ。

「さっきの女の子、連れて来るからここで待ってて」

バタンとドアが閉まり一人部屋に残される。さっき水野が女の子、奥の部屋に連れて行ったの、どうなったんやろ？　女の子が部屋に入って来たら、まず最初にどうしたらええんやろう？　いきなり抱きつくのも唐突やしなぁ。さりげない会話から入ってベッドに誘導して……などと妄想を膨らませていると、ドアが開いてバスタオルを腰に纏《まと》った堀江さんの顔が見えた。幾分やつれているように見える。

「お、笑光、何してんねん？」

「いや、要さんが待っとけって言うんで。堀江さんは？」

「もうヤッた」

と言ってドアを閉める。

しばらくすると、さっきの白いワンピースの女の子がドアを開けるや否や、

「あ、すいません」とドアを閉めた。

いやいやすいませんやないがな。部屋に入って来ないの？　と狐《きつね》につままれた気持ちで佇《たたず》んでいると、今度は要さんが入って来た。

「笑光、一人だけメッチャブサイクな子がおんねんけど、お前いけ！」

「え？　さっきの子は？」

「あかんねん。とりあえずこっち来い」

リビングのドアを開けると、電気がパッと点《つ》いてイキナリの明転だ。拍手拍手拍手の嵐！

……で何が起こったの？

見渡すと全員ちゃんと洋服を着ていて、ディレクターの堀江さん、増谷さん、コナベさん、要さん、ミキサーの安藤さん夫妻、夕方のラジオの出演者の寺島千恵子さん・田中耕三さん、バイトの水野にチロリン、そして滝川のヤンタンファミリーの拍手と共に大爆笑に包まれる。

パンツ一丁の僕は、思わずコンドームを挟んだ部分を手首で隠す。

全て〝ウソツキ要〟が仕組んだ事だ。

仕事じゃないよ、プライベートよ。

重なっていた男女は新婚の安藤夫妻で、男同士で絡んでいたヤツラも。散らかっていた衣類はそれぞれのものだった。

そしてこの部屋は増谷ディレクターが最近引っ越した部屋で、今日は転居祝いのパーティーをしていて、要さんの発案で「笑光を騙《だま》そう！」という事になったらしい。まんまと騙された。ワクワクしていた自分が情けない。それにしても、手が込んでいる。

すると、堀江さんが耳元で囁いた。

「笑光、師匠のお家とうまくいってなくて落ち込んでるから、要が企画しよってん」

この日、同じ手法であと二人のバイトが引っかかり、僕も率先して演じ手に回った。深夜まで笑いが響いた。

番組に遊びと勢いがあると、こんなアホな仕掛けにみんな嬉々《きき》として参加し、そしてほくそ笑む。信じた奴の行動と心理を語っては大笑いする。

この人達とずっと関《かか》わっていたいと、改めて思った。

朝晩の涼しさに加え、日中の残暑も落ち着いてきた頃、楽しい竜宮城の生活に終止符が打たれる時がとうとうやって来た。

映画を観に行くため実家を出ようとしていた時、学光兄さんから電話があった。

「奥さんが屋上のプールを片付けに来てって言うてはるで」

奥さんとしては、元の鞘《さや》に戻してくれる誘い水だったのだろう。

でも、僕はそれに逆らった。

プールを片付けてる場合とちゃうで。

行かなかったのだ。

翌々日、今度は実家に師匠から直接電話が入った。

「ウチ来るのイヤらしいな。せっかく家に入れるように考えたったのに、破門や。辞めてまえ!」ガシャン!

え? 仕事場に鞄持ちで付いている時は、僕が追い出されている件について多くを語らなかった師匠が怒っている。エラいこっちゃがな。謝りに行くしかない。

翌日師匠宅に行くと、

「師匠がヤンタンに行って留守の時に、改めておいで」

と学光兄さんが言う。

「わかりました」

木曜日の夜十時に訪ねた。しばらくぶりの師匠宅の懐かしい和室に成子夫人は居た。この家に住み込みをしていた時に、僕が洗濯をして畳んでいたデニムのホットパンツとタンクトップを身に着けた夫人が、ちょっと無理して口角を上げた作り笑いで促す。

「まぁ座りいな」

冷ややかな視線を浴びながら、正座する。

「とりあえず学光に謝ってもらおか」

何故、まず兄さんに謝らなければならないのか。理解出来ないが、ここは謝る。

「すいませんでした……」

「よっしゃ。今、私少し酔うてるし、とりとめのない事喋るかもしれんけど、まぁ聞いて。今から言う事に関して、私は一切タッチしてないねんからね。師匠からの伝言です。まず結論から言うと、アンタは破門になった。向こう一年間大人しいしてたら、帰って来る権利も残してあげる。ただし、ここの家はもちろん、会社、放送局、あらゆるコンサート、映画、芝居、とにかく人の居てる場所はうろつくなという事や。もしも向こう一年の間にアンタの姿をどっかで見たというような事を聞いたら、改めて破門状が回るわけ。これは松竹芸能と毎日放送の意見や。よしんば、この一年アンタが反省してもっぺん鶴光の下で一からやり直すとしても、まぁ仮に鶴光が受け入れたとしても、今回こんだけの事をしでかしてんから、まぁ誰も使わんわなぁ。ええとこ場末の寄席止まりの芸人にしかならんのは目に見えてる事や。それでもエエと言うんやったら、この一年じっくり考えて戻っといで。なんせ今回の事で会社や毎日放送には、まぁ二千万から三千万は損させてる事は間違いないし、アンタが人目に触れてもろたら困るねん。映画行くんやったら、アンタの住んでる茨木の映画館でも行き。まぁ今度の事で、おそらく世間はまた私がダンナをつっついてこうさせたと思てるやろけど、今回の事は私は何も知らんねんからね。今回アンタを家に入れるんやったら、学光と二人でダンナと離婚してこの家出よ言うてたんや。師匠も、会社がアンタに番組続けさすんやったら、大阪離れて東京行こてなとこまで考えたわけ。せやからとにかく最低一年待って、ほんでアンタが今のアンタと変わってたら、もっぺん一から教え直しまひょ。こないだも松竹芸能のマネージャーが『成ちゃん、一寸《ちょっと》キツいんちゃうか?』言わはった。そこで私も言うたった。『確かにキツいです。でもうちはタレント養成所と違いますねん。噺家《はなしか》を育てる家ですねん。とにかく三年しかないんです。

三年で出来ん子には何年経《た》っても教え込まなアカンのです。今の私の教えは、昔、鶴光が福笑が鶴三が松枝が、あーちゃんから教えられた教えをそのとーりやってるだけやし、私も今日まで、そーゆー方法で鶴光を盛り立ててきました』。こーゆー事や。せやから、アンタもじっくり考えて。来年の十月一日に帰って来いとは言わん。他の世界へ行くんやったらそれもよしや。まぁ、師匠のおらへん時に電話でもしといで。あっ、もう師匠がヤンタンから帰って来はるし、今回の件で師匠はアンタの顔見たない言うてはるから、顔合わさんうちに帰り……」

情けなかった。

破門。一年間の執行猶予付き。全て奥さんの口から聞いた事。師匠はアンタの顔見たないてどういう事や？　昼間仕事場行っても、何も言うてくれへんかった師匠、なんで直接言うてくれへんねん？　やるせなさがこみ上げてきた。今のこんな気持ち、自分一人で持ちこたえられへん。

深夜にもかかわらず、近くにある増谷ディレクターのマンションへ原付バイクに跨《また》がって向かってしまった。つい先日の狂言乱交パーティー現場である。あの時はドキドキヒヤヒヤで押したインターフォンを、今夜は沈み切った感情で力なく押す。

深夜の消沈した若者を増谷さんは優しく受け入れてくれて、事情を説明すると、「どうせい、こうせいと言うには問題が大きすぎるけど、そこまで言われて、そんなトコへ一年経って戻れとはよう言わん」と同情してくれた。

翌日、渡邊さんから「松竹芸能が笑光降ろしてくれって言うてきたけど、どないなっとんねん?」と茨木の実家に電話が入った。

即座に原付バイクに乗って千里丘を目指す。五十ccのエンジンも、坂を登るのが億劫《おっくう》そうにウォ〜ンウォ〜ンと機嫌が悪い。足首に鉛《なまり》の錘《おもり》を巻いたような足取りで、三階の制作部に上がる。自分でも感じる、消え入りそうな佇まいで事の顚末《てんまつ》を話す。

「ほいほい、師匠には話をしたるし、笑光はとことん誠意見せとき。とりあえず月曜日に松竹芸能に電話して、事の次第を確かめてからの問題やな。封建社会は理屈では解せん事も当然多い。師匠が来い言うたら、何ちゅうても行かなアカンやないか」

正論だ。でもそれを承知で反旗を翻したのだ。

ヤンタンの世界に入りたかった。願い叶《かな》って、描いていた夢への道をスタートさせてもらった。なのに、そこで目覚めた自我を抑え込むほど大人になれなかった。負ける事を承知で、むしろ顰蹙《ひんしゅく》を買う事を選んで、後ろ足で砂をかけた。

多くの人が間に入ってフォローしてくれたが、結局抜いた刀は鞘に収まる事なく、僕は破門となった。笑福亭笑光は消えて、レギュラーも降りざるをえなかった。

何の予告も無く、九月末に突然「笑光は今日でヤンタン卒業でーす。来週からは桂雀々くんが登場しまーす」と原田伸郎さんに紹介されて、あっけなく夢は終わった。広い荒野にポツンと置かれた。あの素晴らしい愛は、もう一度訪れる事なく消滅した。

翌日渡邊さんにお詫《わ》びに行くと、

「とりあえず、オリオンに茶飲みに行こか」

と言われて、後に続いた。近くに店の無い千里の丘の上、何度も打ち合わせやウダ話で訪れた喫茶オリオンに連れて来てもらうのも、今日が最後かもしれない。

「この度はご迷惑おかけして、申し訳ございませんでした」

喫茶店のテーブルに屈した僕の後頭部に、渡邊さんの吐いた煙が漂う。

「『覆水盆に返らず』やな。笑光使うなら、松竹のタレント全部降ろすとまで言うてたわ」

「ホンマですか」

「で、これからどないするねん」

「はい、自分を見つめ直すのと今後の事を考えるので、少し大阪を離れようと思います」

「ほいほい、ま、若い時から弟子入りして、狭い世界しか知らんから、ここはちょっと表の世界も見て、人の情けに触れといで。今後進む方向が定まったら、また遊びにおいで」

「ありがとうございます」

方便かもしれない。でも、吹かれて飛んでしまった、ちっちゃい駒《こま》のような僕に、「困ったやっちゃな」的苦笑いで接してくれている渡邊さん。この人に恩返しせなアカン！　とはいえ、そんな日が果たして訪れるのだろうか。

「ほいほい、破門になったとはいえ、鶴光ちゃんとはキレイに別れときや。それに松鶴さんにもちゃんと挨拶《あいさつ》して、違う形で戻って来ても文句が出んようにしとき」

「わかりました」

坂を下る原付バイクのエンジンは、重い荷物を降ろしたような軽やかな音がした。しかしそれは道標《みちしるべ》を失った、途方に暮れるため息のようでもあった。

毎週意気揚々とレギュラーで通っていた丘から突然放たれて、夕陽がみるみるぼやけていった。両頬を伝う雫《しずく》の線は拭《ぬぐ》わない。

もう一度、手作りの船で漕ぎ出すしかない。もう引き返せない。

その足で道頓堀に向かう。この日鶴光師匠はテレビ番組『浪速寄席』の収録で浪花《なにわ》座という劇場に居る。先週、成子夫人から破門を宣告されて、「師匠はアンタの顔見たない言うてはる」との事だが、直接謝って足掛け五年お世話になったお礼も言わねばならない。

収録が終わるのを待って、浪花座の舞台から奈落を通って控え室に戻る師匠に声を掛けた。

「師匠、この度はすいませんでした」

来よったな、的笑みを浮かべて師匠は言った。

「おー、自分が蒔《ま》いた種やな」

「はい。今日までお世話になりまして、ありがとうございました」

「おー、まぁしっかり働き」

温度の無い言葉を残して、師匠は控え室に消えた。あっけない別れだった。一年経って、また鶴光師匠の下に戻って修業し直すという選択肢もある。さもなくば、どこか他の師匠の下に弟子入りし直すのもありか？　そんな事が許されるのかもわからない。どこに向かって進むのか。それを考えるために旅に出る。

浪花座の並びの松竹芸能の寄席、角座に向かう。何度も師匠のお供で通った劇場の楽屋口は、ピンクのネオンがいかがわしく点滅する路地にある。

松鶴師匠が出演している事は把握している。名付け親にもご挨拶をしておかねばならない。

楽屋口の少しガタがきた鉄製の薄緑色のドアを開けると、香盤札《こうばん》が掛けられたすぐ横の椅子に、松鶴師匠は座っていた。

「あっ、お疲れさまです。鶴光師匠のところに居ました笑光です」

ギロッと僕を睨《にら》んで、松鶴師匠は「ごくろはん」と言った。

「鶴光師匠のところを破門になりました」

「成子、かいたんか？」

ん？「かく」とは芸界の隠語で肉体関係を持つ事である。奥さんとそういう事になったのか？と言うてはる。それは無い無い、絶対無い。

「違います。奥さんと折り合いが悪くなりまして」

「嫁はん関係あらへんがな。鶴光が好きで弟子入りしたんやろ」

「はい。そうなんですが」

「ほなら、嫁はんは関係あらへんがな」

それが関係あるんです、とも言えず、

「そうなんですが、破門になってしまいまして、笑光という名前は松鶴師匠からいただいた名前なので、ご挨拶に伺いました」

「ほうか」

「少し時間をかけて、今後の事を考える事にしました。今日までお世話になりましてありがとうございました」

鋭い眼光でもう一度「ごくろはん」と言った松鶴師匠に深く頭を下げて、桃色の路地に降りた。

どこに向かおう？　昇り始めた太陽はあっけなく沈み、夜明け前に戻った。波は高く霧は深い。水平線は遠くに隠された。

でも、もう引き返せない。

第三章 放浪

旅に出る。

といっても、落語家を破門になった人間を対象にした『地球の歩き方』は、どこの本屋にも売っていない。

親から金を借りて、まずは能登《のと》半島に向かった。

落ち込んでいる時は日本海の荒波を見に行かねばならないと勝手に思い込んでいた。

秋から冬の日本海こそが、破門になった人間の旅先として相応《ふさわ》しい。大阪駅から早朝の「雷鳥」自由席に座り、金沢に着いた。

金沢から七尾《ななお》に入り、人生初めてのヒッチハイクを試みる。

左手の親指を突き出し、カモン！　停《と》まって！　とサインを出す。

しかし、ビュンビュン容赦なく無視され続けた。十五分くらいして、ようやく軽トラックが停まってくれた。

グレーの作業着を着た北陸中央電気の工事をしている実直そうな青年だった。能登半島先端近くまで行くという。

「どっから来たんね？」

「大阪です」

「学生さん？」

初対面の人に破門の経緯を説明するのも面倒臭いが、ここは正直に話す。

「鶴光師匠のところ、破門になって旅をしてるんです」

「えー！　あの鶴光のとこにおったん？　ほんで破門になったん？」

珍しい経歴に興味を持ってくれたようだ。

いろいろ今までの経緯を話しながら、曲がりくねった道を紅葉の山々を眺めながら進む。兄《あん》ちゃんは学年が僕よりひとつ上。地元七尾の高校を出て、北陸中央電気に就職。配線トラブルの処理の仕事に就いて五年目だそうだ。

片や、僕は十六で落語家に弟子入りしたものの、二十一で破門になって「旅」に出たばかり。

生まれも育ちも全く違う出合い頭の二人だったが、不思議とウマが合い、僕の破門話を時には真剣に、時には呆《あき》れながら笑って聞いてくれる。兄ちゃんが仕事で二件届けものを終えた頃《ころ》、昼の一時になっていた。

「メシ食ったんか？」

「いえ、まだです」

車は小木《おぎ》港のコンクリート埠頭《ふとう》に停まる。

僕よりひとつ歳上《としうえ》の兄ちゃんが、座席下からランチジャーを引っ張り出して、

「半分食え」

と差し出した。

婚約者が作ってくれた弁当だった。

申し訳ないけど、素直に甘えた。

「兄ちゃん、先に食べてよ」

「いいから、先に半分食え」

ありがたい。

旅に出るとは、こういう事か。素直に兄ちゃんの情けに触れて、婚約者が作った典型的なザ・愛妻弁当を頬張《ほおば》った。シャケの切り身半分、卵焼き半分、ほうれん草のおひたし半分、かまぼこ半分、漬け物半分、ご飯も、味噌《みそ》汁も半分ずつ。ありがたくい

兄ちゃんに戻した。

何の将来の保証も無く、親の臑《すね》を齧《かじ》って流浪しているこんな僕に親切にしてくれて、兄ちゃん、本当にありがとう！　まだわからんのです、どうなるか。何者になりたいかすら見失って、それを探しに日本海に来たのです。

引き返せない旅の最初に、兄ちゃんに出会えて良かった。昼食後も兄ちゃんの仕事先に寄っては、能登半島先端を目指す。五時間も一緒に居た。世の中捨てたものではない。珠洲《すず》という町まで来て、兄ちゃんはその日の仕事を済ませ、七尾まで帰ると言う。帰りは二時間で戻れるらしい。

「どこに泊まるねん？」

「まだ、決めてません」

「そんな無茶な！」

近くに、入江に面した小さな民宿があると言う。まだ時間は午後三時を回ったところなので、今日泊まれるか一緒に聞きに行ってくれると言う。

何から何までありがたい。県道に出ていた「民宿　入江」の看板に従い、坂を海の方へ軽トラで下る。文字通り入江に面したところに相当年季の入った、その宿はあった。兄ちゃんが軽トラから降りて民宿に入って行き、三分ほどで出て来て、

「ワシの会社の名刺見せたら、信用して泊めてくれるって。飯付きで三千円やけど大丈夫か？」

「う、うん」

「ほんで、ここの宿は客間の照明が電気じゃなくて、ランプなんやけど大丈夫か？」

大丈夫もなにも、行き当たりばったりの旅だ。兄ちゃんの誘導に従わせてもらうしかない。

「ほんじゃあ元気でな。便りでもおくれ！」

ブルルンと軽いエンジン音を上げて、軽トラは茂みを登って消えた。

そんなわけで、今夜はここにお世話になる。「ランプ宿　入江」というのが正式な屋号みたいだ。

古い建物の割に、若い女性が相手をしてくれる。若女将《おかみ》らしい。「どうぞ」と通された部屋は、六畳の和室。今日は僕の他に二組の客が泊まるらしい。

「今日はまだ天気もいいですが、今夜からシケるそうです。お風呂《ふろ》はマムシの解毒に効く鉱泉を沸かしています。食事は母屋で、皆さんと一緒に摂っていただきます。日が暮れましたら、ランプを灯《とも》しに参ります。それまでは、どうぞごゆっくりなさってくださいー」

荷物を置いて、入江に降りてみる。寄せては返す波の勢いがだんだん強くなっているような気がする。さっきまでは青空が覗《のぞ》いていたが、暗雲が空を占領し始めている。本格的な日本海の荒波を、今夜間近で体験する事になりそうだ。

部屋に戻って、今日の出来事をノートに記す。人生初めての「旅」で、能登半島の先端近くの民宿に辿《たど》り着いた。この旅はどこまで続くのか。旅の先に待っている世界は？　独り入江の部屋でシャーペンを走らせる。

夕方、五右衛門《ごえもん》風呂に入ってから母屋の夕食に出向く。東京から来たという初老の夫婦と、一人旅の男子大学生が一緒だ。囲炉裏の周りには、値段以上の見事な料理が配膳《はいぜん》されている。この宿のおじいさんは漁師だそうで、毎日この入江から海に出るそうだ。新鮮なイカと鯖《さば》の刺身、加えて魚醤《ぎょしょう》「いしり」を使った鍋は鰯《いわし》のつみれが美味《うま》い。このちっちゃい赤い魚は？　のどぐろ？　へーこれがのどぐろかぁー。熱燗《あつかん》なんぞを頼んでみる。観光旅行でないのは重々承知だが、この状況でシラフも切ない。

飲んで食が進む中、囲炉裏の向こうに座る漁師のおじいさんも会話に参入して来て、自己紹介の運びとなる。

初老の夫婦はこの宿が気に入り、もう五回目だと言う。大学生は、雑誌で見て初めてやって来たらしい。ランプの灯る入江の宿として、最近では若い女性の一人旅も多いそうだ。

僕も素性を話さねばならない風向きになったので、

「大阪から、人生を見つめ直す旅で来ました」

とだけ言った。

弟子入りから破門の顚末を語ると長くなるし、昼間の兄ちゃんほどわかり合えるような感じでもないと、勝手に判断した。

この辺りの観光地や名産などの差し障りのない会話でお開きに。

席を立とうとすると、おじいさんが「ま、好きな事だけやりなさい」と僕に放った。詳しい事情は何ひとつ語ってはいないが、なんとなくワケアリ感を察知してくれたのかな。

部屋に戻って、そんな思いもノートに書いた。波の音がザッパーン！　と激しくなる。闇《やみ》で波の様相は見えないが、岩に叩《たた》きつけられ砕ける様子を想像しながら眠りに就く。深夜に波の音で何度も目覚めた。あ、寝過ごした！　師匠の奥さんに怒られる！　と冷や汗モノで起き上がったがここは旅の空だ。ほっと安心したり、不安を搔《か》き立てられたり。荒波に精神も攪拌《かくはん》されるような一夜を過ごした。

辺りが白み明けてくると窓の外の入江の様子が明確になって来たが、波は静まる気配を見せない。次から次へと沖から渦巻き、入江に迫って来る。岩にぶつかっては、白い気泡を撒《ま》き散らす。気泡はどんどん膨張してゆき、風に舞って空を駆け巡る。シャボンが踊っているようだ。「波の花」と呼ぶらしい。朝食の席で若女将が教えてくれた。

この入江にもう一日居たい。激しい海を間近に感じていたい。申し出ると置いてもらえる事になり、僕は本当に一日中入江に居て、コートのフードを被《かぶ》り手袋で暖を取りながら波とその産物「波の花」をずっと見ていた。大きな波に小さな波。大きな波に逆らって砕け散る小さな波。「波の花」となって空を舞うが、また海に落ちて波となる。時折僕の顔面にもぶち当たる。頬で溶けた泡を舌で捕まえる。塩《しょ》っぱい人生の味がした。

ずっと入江に身を置いていたら、荒波に雑念がそぎ落とされて次第に進むべき道が見えるような気がした。

鶴光師匠のところに一年後戻る？　無い無い無い。

他の師匠の門を叩く？　無い無い無い。

今や、落語家には未練が無いのだ。

二泊して、お世話になった入江の宿を後にする。結局その間に、破門の話も一通り披露して、夕飯後にはリクエストにお応《こた》えして落語も一席やった。演目は『貧乏花見』。長屋住まいの貧乏な酒好きが、金が無いのでお茶を酒に見立てて宴会をする話だ。

まあ、それなりにウケるわな。ウケるけど、こんなんやってる場合じゃないわな。でも、今の僕にはこれしか出来ない。矛盾を抱えながら落語で笑いを取った。

旅を続けよう。

ほぼ一日バスと電車を乗り継いで、柏崎《かしわざき》のユースホステルで一泊。更に新潟《にいがた》まで出て、佐渡《さど》に渡る。フェリーで二時間半、そこからバスで一時間かけて佐和田《さわた》という町に辿り着いた。昼下がり、目の前は季節外れの海水浴場だ。今日の海はとても穏やかで、青い波が行儀よく打ち寄せる。夏にはそれなりの人も訪れるであろう海岸に、犬一匹居ない。砂浜に寝そべると、秋の太陽が暖かい。

なんでこんなところに居るんやろ？　いろんな緊張感からようやく解かれ、気怠《けだる》さすら感じる。

落語家は無いな。

改めて自分に問う。

うん、無い。


あまりにも誰《だれ》も居ない果てしない海岸。波打ち際まで行って、海水を含んだ砂に指で字を書いてみる。

「落語」

しばらくすると、波が「落語」を海に攫《さら》う。

「笑福亭笑光」と書く。

三度に分けて波に消えた。

時間を持て余していたせいか、佐渡の海にセンチメンタルにされたのか、浜辺で笑光の葬式を自らの手で行った。

金森幸介さんの『もう引き返せない』が、頭の中でグルグル回る。ギターは無いが、口に出して歌ってみる。

あの日僕らは　手作りの船で
夜明け前に　海へこぎ出した
波は高く　霧は深く
水平線は　遠く隠された

夢は色あせてく　僕は年老いていく
でもまだへこたれちゃいない
夕陽を追いかけていく　奴の歌が聞こえる
もう引き返せない

さて、どこに向かおう？

北に行かねば。落ち込んだ時は、とにかく北を目指すべきだ。上野発の夜行列車に乗らなければ。そんな思い込みで新潟に戻り、東京に向かう。

東京にはヤンタンでお世話になった、あのねのねの原田伸郎さんが居る。

ヤンタンを降りる時に、

「笑光、毎週火曜日は『ヤンヤン歌うスタジオ』で、東京タワーの下の芝公園スタジオに終日居るから、旅の途中に訪ねておいで」

と言われていた。

破門蛍は、甘い水の方向に飛んで行く。

東京。

大阪者にとって、なんと眩《まぶ》しい街。

何度かは来ていた。

十五の春、僕は山口百恵《ももえ》さんと同学年で、彼女の存在にビュンビュン振り回される思春期を過ごしていた。

中三で「あなたが望むなら 私何をされてもいいわ」と詰め寄られ、さらに「あなたが望めば 何でも捨てる」と誘われた。

高一の時に「あなたに女の子の一番大切なものをあげるわ」と囁《ささや》かれ、まんまと百恵さんの後ろで糸を引く大人の商業ベースの罠《わな》に引っかかった。

僕と幼稚園からの同級生の高倉はメロメロになって、神戸のコンサートやエキスポランドのイベントに出掛けた。

高二の中間試験が終わった初夏の試験休み、僕は「明星」で入手した情報を元に彼女が通う目黒の女子校の校門前に居た。

僕以外にも、迷惑なファンが五人。聞くと、静岡や長野から来ている田舎者も居る。並列の僕を含めた、場を弁《わきま》えない自己中心的ファンが校門脇で挙動不審の助《すけ》さん角《かく》さんみたいな様相で待っていると、オーラを纏《まと》った三つ編みの彼女が学生鞄《かばん》を片手に門柱に近付いて来た。高鳴る胸のポンプに押されて、

「大阪から来ました。サイン下さい！」

と話しかけると、ハンバーガーショップの店員が「ポテトはいかがですか？」とでも言うように、

「学校と仕事場は違いますから」

とクールに放ち、すれ違い様に僕の左足を図らずもビーナスが踏んで去って行った。

女神様、その左足は今も大切にしています！

そんな思い出も漂う東京。

吉田拓郎の歌に出て来る「原宿」がある東京。

加川良の『東京』に歌われる、緑の電車の山手線が走る東京。

新宿、渋谷、池袋、歌の中に出て来る地名で構成された東京。


そんな東京に流れ来た。


初日は、母の姉のところを訪ねた。

二年前に悲しい出来事があった家だ。

僕の母方は六人兄妹で、僕を含めて孫が十一人居た。筆頭が僕より数ヶ月生まれが早かった、進くん。僕は二番目の孫だった。進くんは成績優秀で、麻布《あざぶ》高校に進学。一浪して一橋《ひとつばし》大学に合格したが、直後の祝賀会の帰りに酔ってホームと電車の間に散った。僕が初めてヤンタンのレギュラーになった年だった。

その家に訪ね来たのは、落語家を破門になった僕である。

伯母の悲しみの傷口は癒《い》えるどころか化膿《かのう》していた。同い年である目の前の僕と亡き優秀な息子の幻影を取り替えたいと思っているのではないだろうか？　と思わせるほどだった。こりゃ長居出来ないなという思いをぶら下げて、東京タワー下のスタジオを訪ねた。

あのねのねの他にも、事務所に居候していた清水アキラさんや弟子のＢｒｏ・ＫＯＲＮちゃんも居た。

ヤンタンでお世話になっていた伸郎さんは家庭がゴチャゴチャしていたが、その分相方の清水國明《くにあき》さんが「笑光、泊まるとこあるんか？」と、こっちの水は甘いぞサインを送ってくれたので、すぐそちらに引き寄せられた。

亡くなった従兄《いとこ》の思い出溢《あふ》れる伯母の家に荷物を取りに行き、いつもみんなが雑魚《ざこ》寝《ね》をしている西麻布の清水さんのマンションに転がり込んだ。

清水さんは夜遅くまで僕の話を聞いてくれて、キャラからは想像も出来ない心を動かされる話をしてくれた。

「そもそも師弟関係は『守破離』という言葉で表されるのを、笑光知ってるか？」

「いえ」

「まずは師匠に言われた事、型を『守る』ねん」

「はい」

「その後その型と自分を照らし合わせる事により、自分に合ったより良いと思われる型を作るねん」

「ほう」

「師匠の型を『破る』わけや」

「なるほど」

「ほんで最終的には師匠の型から自由になって、『離れ』て自分の型を作るわけや」

「んー」

「笑光は、ある意味離れたんやな」

「そうですかー」

「今のお前は、ボールや」

「ボール？」

「ボールを水の中に深く沈めれば沈めるほど、手を離した時浮力で上に行こうとする力が強くなるやろ？」

「はい」

「せやから、今はとことん沈んどけ」

「わかりました」

普段のあのねのねからは想像も付かない、心強い「訓話」が沁《し》み入る西麻布の夜だった。

　更に清水さんは続ける。

「明日ヒマか？」

　明日どころか、ずーーっとヒマである。

「はい」

「あのねのねの、新曲発表ライブが新宿であんねん。芝居仕立てで、アキラもKORNも出るねんけど、笑光も出ろや」

「芝居仕立てって、僕はどんな役なんですか？」

「そーやなー、落語家破門になって大阪から流れて来た男や」

「そのままやないですか」

　そんな経緯で、翌日の午後に僕は歌舞伎《かぶき》町に居た。芝居仕立てといっても、大まかな構成が決まっているだけで、アドリブ中心のステージである。リハーサルが終わったアキラさんとKORNちゃんと僕は、チラシを片手に、新宿コマ劇場辺りで客引きをした。

　そこそこのお客さんが集まり、ステージはあのねのねの『ネコニャンニャンニャンニャン』でスタートした。ナンセンスソングが続き、途中でアキラさんの物真似《まね》が入り、太っていたKORNちゃんは『コレステロックンロール』というオリジナルを披露した。

いよいよ僕の番が回ってきた。

「次は、鶴光のところを破門になって大阪から流れて来た、この男でーす」と紹介されて、背中を押されてステージに上がる。

「どーもー、鶴光師匠のところを破門になって流れて来ましたー。小咄《こばなし》をやります。『コンコン、入ってますかー？』『今、出てるー』『オイ！　オヤジ！　このたこ焼き、タコ入ってへんやないかえ！』『そーや』『そーやって、どういうこっちゃねん！』『ほな、何かえ？　鉄板焼きには、鉄板が入ってんのかえ？』」

ボチボチウケた。

落語家時代の持ちネタだ。悲しいかな、今はこれしか出来ない。笑いは取れるが、いつまでもこの形を続けている場合ではない。そんな事を感じつつも、それより何より舞台に上がる前の緊張感、ウケている時の躍動感や舞台を降りた時の安堵《あんど》感が数ヶ月ぶりに蘇《よみがえ》った。

今や落語家ではない。

でも、人前で人を楽しませる仕事を続けるべきではないか。

夜明け前の海でどちらに漕ぎ出せば良いか思いあぐねている僕に、清水さんはヒントをくれた。

ライブのウチアゲ会場は、西麻布の恋雅亭という居酒屋だった。あのねのねを中心に、今日のステージの話で盛り上がる。

二十三時を過ぎた頃に、僕は切り出した。

「清水さん、伸郎さん、ありがとうございました。これからまた旅に出ます」

「今からどこ行くねん？　笑光」

と伸郎さん。

「はい、上野発の夜行列車で北へ向かいます」

破門になった流れ者は、北の最果てまで行かなければならない。

「そーかー、ほなこれ汽車の中で食べ」

と伸郎さんが巻き寿司をくれた。

「ありがとうございます」

と大きいバッグを肩に掛けて店を出ようとした時、背後から清水さんが、

「また帰って来いよ」

とエールを送ってくれた。

帰る場所が無い破門男にとっての「帰って来いよ」は、厳寒の地で命を繋《つな》ぐホッカイロのようだ。

荷物を抱えて地下鉄六本木駅に向かう。後方から女性の声が「オーイ！　オーイ！」と追いかけて来た。振り返ると、清水さんの奥さん、タレントのクーコさんだった。

「これ、清水から」

と手渡されたのは、むきだしの一万円札だった。

「ありがとうございます」

と頭を下げて、足早に駅に向かった。

上野発の夜行列車が青森に着き、独り連絡船に乗った。歌の文句のように上下しながら浮遊する凍えそうなカモメ達が、ここには本当に居た。

函館《はこだて》にはるばる来た。逆巻く波を乗り越えた。キャラメルの箱が落ちていたので拾ってみたら、中身はカラだった。

列車とヒッチハイクで江差《えさし》に着く。岬《みさき》の近くの安い宿に泊まり、翌日は更に北を目指す。

瀬棚《せたな》という町に辿り着き、線路伝いに歩いていると、食堂の看板が目に飛び込んで来た。

「なべさん食堂」

バッグからカメラを取り出しシャッターを切った。

旅の途中で現像に出し、迷惑をかけたヤンタンのプロデューサー渡邊さんに手紙を書く。

「この度はご迷惑をおかけして申し訳ございませんでした。今、僕は自分を見つめ直す旅をしています。北海道で偶然『なべさん食堂』という店を見つけ、渡邊さんの顔がよぎりました。いろいろ経験して、一回り大きな人間になって大阪に帰りたいと思います」

そして、食堂の看板の写真を同封した。

渡邊さんこそが、今後の人生のキーマンになる。打算的だが、そう確信していた。認めてもらえるような答えを持って帰らなければならない。

ヒッチハイク、バス、列車といろいろ乗り継ぎ、とにかく破門になった放浪男は北を目指す。北の大地は果てしない。稚内《わっかない》から日本最北端の地、宗谷岬《そうや》を目指す。宗谷岬に用事があるのではない。とにかく最北端に行かなければならないのだ。バスで一時間。信号はひとつもなく、左手に日本海、右には原野がずーっと続く。波打ち際にはカモメの大群がプカプカ浮かんでいる。

降り立つと、日本最北端の地のモニュメントがあった。遠くには薄《うっす》らと樺太《からふと》も見える。ずっと北へ北へ進んで来たけれど、ここから北はもう無い。来るところまで来た。ここからが勝負だ。ここは北の果てだー！

その場に居た二人組の青年に声をかけてみる。

「あのー、この先、何かあるんですか？」

「さぁー、知りませんねん」

うっうわー！　大阪弁や！　最北端で大阪弁に遭遇するとは！

「大阪から来はったんですか？」

「はい。関学なんです。あなたも大阪ですか？」

「はい」

「学生さん？」

ここは何故《なぜ》か正直に答えた。

「いえ、落語家やってました」

「お名前は？」

「笑光って言ってました」

「えっ！　あのヤンタンの？」

おーおーおー、知っててくれたのね！　ここは最北端やで！

一緒に写真撮ってくださいなんて言われてとりあえずカメラに収まったけど、まぁ見てて！　ここからの出発や。

ヒッチハイクで稚内に戻って、今度は反対方向へ。バスで野寒布岬《ノシャップ》に行ってみる。

利尻《りしり》富士には雪が積もっていた。礼文《れぶん》島も見える。水平線と空の間の夕焼けが、青と朱色のグラデーションになっていた。

カモメが二十羽ほど、海面の上五メートルくらいを横一列に並んで飛んでいる。そんな集団が次から次へと現れ飛び去る。風に逆らって飛ぶ集団は、なかなか進まないが列は崩さない。中には少々ひねくれたヤツもいて、途中から一羽だけ別行動を取ったりする。「あっ、あれはオレや」なんて海風を浴びながら思ったりする。

北の最果て稚内から更に利尻島、礼文島とユースホステルを巡って、会社をクビになって旅をしている人や、食えない芸術家の卵達と夜な夜な語り合う。

当初はユースホステルなんて品行方正な青年の宿だと思っていたが、経済的にもありがたいし、そこを行き交う人達との交流が面白い。

いろんな人生がある事を、初めて知った。

礼文島のユースホステルでは日本好きのアメリカ人ジャーナリストと一緒になって、二人で礼文岳に登る。片言の英語でも、なんとか通じるものだと思う。日本をもっと知って、アメリカに伝えたいのだと言う。僕は日本人なのに、日本の事をどれだけ知っているのだろう？　落語家だった事を英語で説明するのは難しかったが「コメディーストーリートーク」とか言ったら、どうやらわかってくれたみたいだ。一緒に風呂にも入って、とても仲良くなれたと思った。

旭川《あさひかわ》では列車に乗り遅れ、待合室で一夜を過ごした。ベンチで寝ていると、朝の通勤時間の喧騒《けんそう》で目覚めた。

自転車で日本一周している十九歳の三輪《みわ》くんと出会ったのは、網走《あばしり》近くの斜里《しゃり》ユースだった。彼も僕と同じく、同世代の連中が何の考えも無く大学に進学する事に疑問を持っていて、自分だけにしか出来ない事をやろう！　と石川県を出て、バイトしながらここまで辿り着いたと言う。日本一周した後に何処《どこ》に向かうかは現段階ではわからないが、まずは日本一周しなければ人生始まらないと言う。

僕も今までの世界から追われてこうして旅をしているわけだが、次の一歩をどう踏み出すかまだ見えてはいない。

でも、他の人とは違う道を進みたい！　という思いは共通で、その晩は時間を忘れて、六時間も青き人生論を交わした。

ヒッチハイクは水ものだ。調子のいい時はポンポン停まってくれるが、停まらないとなると一時間くらいの間に数十台見送る事もある。しまいには通り過ぎた車に向かって「ボケー！　アホー！」などと叫んでみたが、虚《むな》しくなるばかりだ。そうなると、ようやく停まってくれた車の運転手が神に見えてくる。必ず「学生さん？」と聞かれるので、「はい、大阪から来ました」と答えるのにも慣れた。「タイルを貼《は》るバイトで金を貯《た》めて、旅をしてるんです」なんていうデマカセで凌《しの》いだ方が面倒臭くない時もある。

乗せてくれるドライバーにもいろんな人がいる。心底良い人もたまにいるが、時には必要以上に恩着せがましい人や上から目線の人にもあたり、タダで乗せてもらうとはいえ少し嫌な気分になったりする事もある。

落語家をやっていた時には絶対に会わなかっただろう人達と、旅の空の下で出会う。貴重な経験をさせてもらった。

鶴光師匠、破門にしてくれてありがとうございます、なんて思えるようにもなった。

北方領土の国後《くなしり》島を望む、標津《しべつ》という町。暮らしている人の五分の一くらいは、戦後国後を追われた人だと聞いた。大阪にいるとイマイチ実感を伴わない問題も、当事者となれば深刻だ。でも、それを背負って暮らすしかない。

近くの尾岱沼《おだいとう》は椴松《とどまつ》の林が地盤沈下によって海水に浸《つ》かり立ったまま枯れており、

トドワラと呼ばれている。大木が枯れたまま至るところに立っている風景は、さながら衰退した地獄のようだ。シーズンオフなので旅人の姿はなく、一人歩く。日が暮れてきたが、車は通らない。もうここで死ぬんちゃうか？と思っていたらトラックが来たので、必死で停めて乗せてもらった。ただし、荷台だ。寒風で耳が千切れそうになったが、地獄に置き去りにされなくてよかった。

僕の事情を語る事もあれば、語らない場合もある。何も語らなくても、何かを察知して「頑張りや！」と励ましてくれる人もいた。言ってもわからない事もあれば、言わなくてもわかる事もあるのだなぁ。

北への旅は、今までに知らなかった世界を教えてくれた。

第四章
光明

十二月から三月までの四ヶ月間は、情報誌で見つけた長野県のスキー場で住み込みのアルバイトをやった。「ホワイトイン・北志賀」。出来て五年、スイス風の小さなホテルだ。電話したらアナウンサーみたいな清らかな声の奥さんが出たので「落語家破門になって、大阪に居る場所が無いんです。一生懸命働きますんで、ワンシーズンだけ置いてもらえませんか?」と懇願したらフフッと笑ってくれて、雇ってもらえる事になった。

厨房《ちゅうぼう》の手伝い、雪降ろしや部屋掃除等、やっている事は内弟子並みだが、落ち込んでいるはずなのに身体《からだ》と脳の内側からは解放感と充実感が溢《あふ》れてくる。

バイト仲間はほぼ同世代だ。僕は十六で弟子入りして、同世代の連中が出来ない事をいろいろ経験させてもらった。しかし、同世代の誰《だれ》しもがやっている事をほとんど経験していない。スキーもそのひとつだ。みんなが楽しそうにゲレンデとホテルを行き来する姿が眩《まぶ》しくて、だからこそ「お前らとオレとは、やってきた事が違うねん！」という変なプライドも芽生え、無邪気にその輪に溶け込めない自分がいた。

信州にやって来るスキー客は、概《おおむ》ね関東と関西半々である。関西から来たスキー客の多くはヤンタンの笑光を知っていて、「なんでここにいるん？」と聞かれる度に「破門になってん。デヘヘ」と答えていた。晩ご飯が終わると「笑光ちゃん、何かやって！」とリクエストが来る。最初は師匠に習《うつす》った落語や小咄《こばなし》をやっていた。それしか出来ないからね。能登半島や東京でも薄らと感じてはいたが、破門になってるのに何をやってんねんオレは！　と自分を責める。

清水さんが言ってた言葉「守破離」を実践せねば。守った。破った。でもまだ離れ切れてはいない。

こんなんやってる場合とちゃう！　独自の表現を見出《みいだ》さなければ！

新雪が積もった翌朝、長靴を履いてスコップを手にホテルの屋根に上がった。せっせと雪を地上に放《ほう》り投げながら、自分に何が出来るのだろう？　と考える。

落語家の弟子修業を足掛け五年やった。いくつかパターンも身に付けた。

幸い僕はギターが弾ける。ヤンタンでやっていた『涙の内弟子日記』もギターを弾きながらだったし、僕は歌いたいのではないか？　暖炉に薪《まき》を焼《く》べながら、歌で出直せないだろうか？　と思う。コミカルで時代を反映していて、みんなをハッピーにする歌の道に漕ぎ出せないか？

小学校四年の時に聴いたザ・フォーク・クルセダーズの『帰って来たヨッパライ』は強烈だった。クラスのみんなが真似《まね》をして歌い、そして笑った。同じ時期に高石ともやさんの『受験生ブルース』もヒットしていて、ギター一本で社会を風刺ししかも笑いも取る姿を子供ながらにカッコイイと思った。更にその時期は笑福亭仁鶴さんが大人気で、ペーソス溢れる『おばちゃんのブルース』、荒唐無稽《こうとうむけい》な『どんなんかなァ』、スケールデカい『大発見やァ！』などを夢中で聴いた。そして、六年生になって万博が始まると同時にヒットしたのが、月亭可朝さんの『嘆きのボイン』である。

中学に入って、深夜ラジオを聴き始める。愉快な歌が溢れていた。ソルティー・シュガー『走れコウタロー』、泉谷《いずみや》しげる『黒いカバン』、古井戸『さなえちゃん』、そして僕にとっての極め付きは、あのねのね『魚屋のおっさんの唄《うた》』。作詞家が書いた曲をコメディアンの人が歌うのも嫌いではないが、ギターを弾いて自分で作った歌を歌う方が圧倒的にカッコイイと思えた。

そして中学二年の時に、ギターを手にしてオリジナルソングを作り始める。

中三の時には、友達とオリジナル曲を持ち寄り、ポータブルカセットテープレコーダーに向かって「レコーディング」をやった。ユニット名を「Giv《ギブ》」と名付けた。明らかに一世を風靡《ふうび》していた「GARO」の影響である。

『かとりせんこう』という歌を作った。

吉田拓郎さんのアルバム『元気です。』が売れに売れていた頃《ころ》。その中に『せんこう花火』という叙情的な歌があり、明らかに〝インスパイアー〟されて出来たのが『かとりせんこう』だった。


『かとりせんこう』

ひょろひょろ煙　夏になれば　かとりせんこう
ずっと見ていると　目が回りそうになる　かとりせんこう
いつだって　丸くて緑色　かとりせんこう

夏の風物詩を、情感たっぷりに歌った。

その後も新曲が集まると友人達に「ニューアルバム出来たで」と押し付けるのだが、コミカルなものの方が評判が良かった。

団体のスキー客が帰った部屋のベッドメーキングをしながら、「これからは歌と笑いやな…」と呟《つぶや》いてみる。

当時友達に評判が良かった歌は、親戚《しんせき》のおばちゃんが遊びに来て「達《た》っちゃん、大きくなったわねー！」と言われる事が鬱陶《うっとう》しいという気持ちを歌った『お客様』という歌や、あのねのねの影響を受けて作った『ババが出ない』という歌などだった。

僕が好きだったフォークシンガーも面白い歌を歌っていたし、ラジオで人気のお笑いの人気者達も歌っていた。思い返せば僕の中で、音楽と笑いが自然な形で混じり合い、それを教えてくれたのがまさに『ヤングタウン』という番組だったのだ。月亭可朝さんみたいなパターンもあるから、落語家でありながらオモシロソングを歌う道もあるのではないか？　とヤンタンの人気者、鶴光師匠に弟子入りしたのだった。思惑通りヤンタンに連れて行ってもらって、憧《あこが》れのあのねのねの原田伸郎さんの横の席に座らせてもらうところまで辿《たど》り着いたが、どこでどうしてつまずいた？　今はスキー場でバイト生活だ。

クリスマスから正月の家族連れのピークも過ぎた。日々の単純作業による忙殺は、思考回路の整理に繋《つな》がる。

破門直後の戸惑いも徐々に落ち着き、今まで歩いて来た短い道を振り返る機会を得た。ここはやはり、まず歌を作って歌ってみるべきだ。原点に返ろう。落語と音楽を合体させて、歌で爆笑を獲《と》る。そしてそれを継続する。

ようやく霧が晴れてきた。

となれば「善は急げ」だ。早速実家に「ギター送って」と電話したら、なんと父が長野まで持って行くわと言っているらしい。

居場所が無くなり放浪している息子を不憫《ふびん》に思ったのか、比較的淡白な親だと思っていた父が、わざわざギターを運んでくれると言う。

弟子入りした時も、師匠宅を追い出された時も、温かく僕の意志を尊重し肯定してくれた父。彼は旧制の三高から阪大へと進み、旭屋《あさひや》書店に勤めていた。ある意味エリートコースを歩んできた男だ。しかし親のエゴを押し付けるような事はせず、大学に進まずに弟子入りをするという思い切った行動に出た息子を止める事は無かったし、破門になって「旅」に出る事も否定はしなかった。更に今回は、わざわざギターを持って来てくれるというのである。

その週末に、父は長野まで電車を乗り継ぎ、長野電鉄の信州中野駅までやって来た。

「どっかで信州そばでも食べる？」

という僕の発言を遮って、

「いや、このまま帰るわ」

とギターを手渡し、

「しっかりやれ」

と、一万円をくれたのだった。

父の乗ったローカル列車を、雪が舞う中見送る。いつか天下を取るから待っててや！　と心に誓った。

その日から僕は、スキー場に来る同世代の若者の言葉遣いなどを面白可笑《おか》しく突っ込む歌などを作っては、スキー客の前でどんどん発表していった。

手応《てごた》えのある歌もいくつか生まれていた。

二月に入って、ヤンタンの堀江ディレクターからはがきが届いた。「二月下旬に奥志賀に番組のツアーで行きます。遊びに来ませんか」と記されていた。

破門騒動で迷惑をかけた皆さんに、「今はスキー場で歌を歌っています」と便りを送っていた。

二月末、バイト先のオーナーに休みをもらって、ギターを抱えて奥志賀に出掛けた。晩ご飯の後のロビーで公開収録が行われて、四十人くらいのツアー客に向けて何曲か歌わせてもらった。

バイト先のスキー客に圧倒的にウケていたのは『カワイコブリッコは今日も行く！』という歌だった。

関東の女の子の「ウソー！　ヤダー！　カワイイー！」という言葉遣いに関西弁で突っ込みを入れる歌だ。

『カワイコブリッコは今日も行く！』

君はとってもカワイイよ　カワイコブリッコ
チーズケーキとホットミルクにまったく目がない

君はとってもカワイイよ　カワイコブリッコ
お花畑の真ん中でキラキラ輝いてる

小さい子供が寄って来たら必ず抱きかかえる
キキとララとキティちゃんがとっても大好きで

ルンルンランラン　カワイコブリッコ　カワイコブリッコは今日も行く
ウソー！（ホンマやっちゅうねん！）　ヤダー！（イヤやったらやめとかんかい）
カワイー！（どこがカワイイねん）　ヤメテー！（誰がやめるか）
ブリッコブリッコ　カワイコブリッコ　カワイコブリッコは今日も行く

君はまったくカワイイよ　カワイコブリッコ
ベッドに入る時はぬいぐるみと一緒に

君はまったくカワイイよ　カワイコブリッコ
少女漫画の主人公　カメラを意識して
最初は意識してやっていたカワイコぶりも
今はすっかり板に付いてカワイイよ
ルンルンランラン　カワイコブリッコ　カワイコブリッコは今日も行く
キャー！（じゃっかしわい）信じられない（信じていらんわ）
ひっどーい！（お前の顔がか？）ハズカシー！（こっちがはずかしーわ）
ブリッコブリッコ　カワイコブリッコ　カワイコブリッコは今日も行く
ブリッコブリッコブリッコブリッコ　ブリッコブリッコ

一粒三百メートル

そらグリコやがな！

ウケた。そして、その気になった。

歌で笑いを摑《つか》みかけていた。

僕はバイト仲間の恵子に恋をした。屈託の無い笑顔が魅力で、何より「笑光ちゃんのヤンタン聴いてたよ」と言ってくれたのが嬉《うれ》しかった。脈があるのでは？　なんて期待した。しかし、スキー場ではスキーが上手《うま》いヤツがモテるのが鉄則。

僕はスキー場にスキーをしに来たわけではなく、全くの初心者である。当初は「僕はスキーはしない！」と突っぱねていたが、バイト仲間に無理矢理「オモロいからやってみ！」と風呂《ふろ》を嫌がる犬が首輪を引っ張られるかのごとく緩斜面に連れて行かれて、恐る恐る滑ってみると、これが楽しい！　こんな楽しい事知らなかったとは！

と、休憩時間にせっせとリフトに乗って、そこそこ滑れるようにはなっていた。

しかし他のバイト連中はスキーが目的で来ているわけで、ほとんどがスキー部所属である。
恵子は、一緒にバイトをしていたスキーがめちゃくちゃ上手い男にいとも簡単にモノにされてしまった。
こちとら、ギャグばかりかましている浪人のボーゲン男。「付き合って!」と言ってはみたがジョークだと思われた。僕の告白をかわしてそいつと付き合い始めた恵子。スキー場では、スキーさえ上手ければ良いのか? 無力感をクソッタレ! と嚙《か》みしめるしかなかった。そんな気持ちも歌にした。

『狼がきたぞ』

いつもジョークを飛ばし続けて　その場その場を沸かしてる俺だけど
もちろんあんたの前でも俺は三枚目　そうする事しか俺には出来ない
だけどあの時はジョークじゃなかった　俺は心から気持ちを伝えたつもり

それでもあんたは本気にしてくれなかった
いつものジョークだと笑い飛ばした
俺の心はまるで悲劇さ　あんたの目から見たら喜劇だろうよ
狼がきたぞ　俺の女になれ　狼がきたぞ　俺の女になれ
あんたへの気持ちがつのればつのるほど
俺はますます羊飼いの少年

堀江さんは、この歌が好きだと言ってくれた。

笑いを含んだ歌に、真面目《まじめ》な歌も。食事が終わってロビーのバーカウンターやソファーで寛《くつろ》ぐスキーツアーのお客さんの前で、時々歌わせてもらった。機会があれば曲も増える。自分の現在の立場なども語りながら、時々金森幸介さんの『もう引き返せない』も歌った。

スキーシーズンが終わり、大阪に戻った。地元茨木のアンクルというライブ喫茶で旅の報告ライブをやる事になり、渡邊さんに伝えたら、中学生の息子の雄介君と二人で観《み》に来てくれた。

ライブが終わって、

「こんなカンジで、これからは歌手になります」

と告げたら、

「ほいほい、せやな、破門になって暗い気持ちで北の寒いところに行って、今後の進路も決まって明るい気持ちになったんやな」

「ハイ！　そうです」

「まだ破門になって半年やろ？」

「そうです」

「明るい気持ちで、今度は南の方に旅に出ぇ」

逆らえません。まだ二十二歳です。

言われた通り、与論島《よろん》に向かった。貝のアクセサリーなどを作るバイトをしながら、せっせと歌を作り、観光客の前で歌う日々が始まった。

ヨロンは恋の島だった。与論と書くよりヨロンと記す方が似合う。

破門になって放浪している落ち込んだ若者にとっては、最も似合わない島だ。

落語家に弟子入りして破門になって、いろんな人に迷惑を掛けて、今後の人生どうしよう？　と深刻になる事がバカバカしく思えるほど、人生について何も考えていないような若者がウジャウジャいた。

「のあぽっぷ」という、間口が三メートル、奥行き十メートルくらいのお土産物屋を紹介してくれたのは、スキー場で一緒だったバイト仲間である。

ヨロンは凄《すご》かった。東の新島《にいじま》、西のヨロンと言われ、ナンパのメッカだ。

目抜き通り「茶花銀座」では、七月・八月の繁忙期には水着姿の男女が遅くまでウロついた。まるで原宿竹下通りや、大阪心斎橋通り並みの賑《にぎ》わいだ。

まさにその時、鶴光師匠や角淳一さんと一緒に『ヤングタウン』に出演していた石川優子さんの『シンデレラサマー』がヒットしていた。

この曲はＪＡＬの沖縄キャンペーンソングで、南の島に行けば素敵な恋に巡り合えるという内容の歌だ。

ヨロン島は鹿児島県最南端で、むしろ沖縄本島の方に近い、珊瑚礁《さんごしょう》に囲まれたトロピカル・ドリーミンな島である。

東京、大阪から船で三日かけて、あるいは飛行機で那覇《なは》空港まで来て与論島行きに乗り換えて四十分、那覇からフェリーだと五時間。いろんなパターンでどんどん若者が押し寄せる。

僕がバイトをしていた店はお土産物屋だが、看板には「アクセサリーショップ」と書かれている。貝や珊瑚の指輪、ペンダント、ネックレス、ブレスレットや星の砂などを売っていた。

実際の貝や珊瑚は、ほとんどが地元のものではない。オーナーがシンガポール辺りまで仕入れに行く。

僕は五月四日に島に入り、バイトの先輩「まーちゃん」という二十八歳の面倒見のいい人に指導されながら、貝のネックレスに金具を取り付ける作業を一日中していた。

忙しさのピークは夏休みに入る七月中旬からで、五月と六月はゆったりとしていた。

昼間の休憩時には海岸に遊びにも行けるし、水中眼鏡と足ヒレを付けて透明な珊瑚礁を漂えば、原色の魚達と同化出来る。

バイトをしている連中のほとんどは、冬はスキー場、夏は南の島を行き来して暮らすというライフスタイル。人生の事など真剣に考えていないようである。

僕は渡邊さんに「今度は南へ行け！」と言われるがままに流れ着いたのだが、目的はオリジナル曲のレパートリーを増やす事である。今回は、自らの手でギターを持って来た。

歌える店をいくつか紹介してもらって、スキー場からのレパートリー『カワイコブリッコは今日も行く！』『スルメの意地』『お客さんに頭を下げんねやない　銭に頭を下げるんや』『ええかげんにせーよ』などを観光客やスタッフの前で歌い、笑いを取った。

ナンパもした。五、六月の土日を含む数日は、シンデレラサマーを夢見て東京や大阪から女の子達がやって来る。そう、明らかに期待してヨロンに来るのだ。

都会ではなかなか出会いが無くて、彼氏もいない。南の島に行けば、岩陰から白馬に乗った王子様がきっと現れて、恋に落ちる。そういう先入観と期待を纏《まと》ってやって来る。

北海道に行けばカニがウマい。博多の屋台は風情があって何を食べてもオイシい。冷静になって考えると実際にはそれほど大した味ではなく値段も高めだったりするが、観光客はカニや屋台を体験する事で満足を得て帰る。旅情マジックである。

ヨロンのマジックは、白馬に乗った王子様願望だ。

もう既に結構日焼けした僕達が、六月の岩陰から「ねえねえ、どこから来たの?」なんて言いながら登場すると、彼女達の目に映る僕らはその段階で王子様なのだ。

「夕ご飯終わったら、店においでよ。指輪作ってあげるから」などと、なぜか東京弁で誘うと必ず乗って来る。

六月にはバイト仲間で何となく気の合う者同士のグループが出来ており、浜でナンパしては店に誘って飲みに行くというパターンになっていた。

様々な失敗から日々学習した。ナンパ成功の絶対条件は、人数を合わせる事。女の子が三人なら男も三人。四人ならこっちも四人。

そして、ルックスの良い娘に集中してはならない。更にそれぞれをバラケさせなければならない。人気が無くてあんまり相手にされていないと自覚する女の子が「そろそろ民宿の門限だから、帰ろうよ」などと言い出す事になりかねないからである。

可愛《かわい》い娘は、まだまだ飲んでいたいのに「じゃ、帰ろうか」という事になり、それまでの苦労が水の泡と化すのである。

いつしか、ローテーションを組むシステムが定着した。その日の優先順位を予《あらかじ》め決めるのだ。昨日一番好みの女の子をマークしたら、今日は他のメンバーに優先権が回る。セパレート作戦なので、その日は好みであろうが無かろうが、みんなが暗黙の了解で残った娘を終始マークして、二人で消えなければならない。

その日の優先一番君が見事にシュートを決められるかどうかは、サポートメンバーの動きにかかっているのだ。

ヨロン島には、与論献奉《けんぽう》という客人をもてなすための酒の飲み方が代々伝わっている。有泉《ゆうせん》というサトウキビから作った二十五度の焼酎を、ひとつの盃《さかずき》で順番に回し飲むのだ。古くからの旅人歓迎の儀式なのだが、実は小さい島なので、客人を酔わせて本心を知るという目的もあるらしい。

その古き伝統ある風習を、数ヶ月前に来たばかりの僕達がもっともらしく語っては盃を回してゆく。

開放的になっている王子様狙《ねら》いの女子達も、仕組みに乗って酔ってくる。

酔った頃には、それぞれその日に担当する女の子の横にスタンバイして「大丈夫？」なんて聞くと「少し酔っぱらっちゃったみたい」と返って来るので「それじゃあ、少し風に当たった方がいいよ」と浜に誘い出し、それぞれが星空の下に散ってゆくのである。

功を奏する事もあれば、ボウズの日もある。でも正直言って、こんな簡単に事が運んでいいのだろうか？　と思う事も数回あった。

ヨロンで僕の女性観は変わった。

そのような辛《つら》い辛い？　破門放浪生活の中で、新しい歌のレパートリーは確実に増えて行った。

与論島から帰って来た僕は、当然のごとく、先《ま》ずは渡邊さんを訪ねた。三階の制作部で、いつものようにタバコを吸う月の輪熊《ぐま》に切り出した。

「破門になってもうすぐ一年になります。これからは歌でやって行こうと決めて、与論島でバイトしながら、レパートリーも増やしました」

渡邊さんの口から出たセリフは、

「ほいほい、ほんで今いくつになった？」

「二十二です」

「ほいほい、レギュラーに縛られることも無くやな、いろいろ自由に見聞を広める事が出来る時やなぁ」

「は、はい」

「日本は北から南まで回ったんやから、今度は外国行ってみたらどないや？」

うぇ？　外国？

「そ、そ、そーですかー、わかりました」

と、返事をするしかない。断れませんわ立場上。

いろいろ考えた末、「ニューヨークに行こう」と決めて、資金を貯めるアルバイト生活が始まった。電気工事の助手や怪しい英会話の教材を売る仕事等、二ヶ月ほど続けたが一向に資金は貯まらない。さぁどうしたもんかと思いあぐねていた時に、堀江さんから電話が入った。

「今晩空いてるか？　アミューズの大里さんが会いたいって言うてんねん」

「空いてます、空いてます！　毎日ずーっと空いてます！　アミューズってあのサザンオールスターズが所属してる事務所ですか？」

「そや。秋から桑田君の番組を僕が担当するねん。それで、今日車の中で達夫《たつお》がスキー場で歌ってるテープを大里さんに聴かせたら『会いたい』って言うてはんねん」

「ホンマですかー！　行きます！　行きます！　ありがとうございます！」

以前みんなで来たことのある洋風居酒屋「ポテトキッド」で待っていると、二十三時過ぎに吐息にアルコールの混ざった堀江さんが、大里さんを伴ってカランコロンと入って来た。

主人の帰りをひたすら待っていた座敷犬のように、入り口近くまで足早に歩み寄り、

「お疲れさまです！」

と通常の倍のスピードで挨拶《あいさつ》をした。

大里さんは、テーブルに着くなりハーパーソーダを注文。おしぼりで手を拭《ふ》いた後、

「アミューズの大里です」

と、僕に握手を求めて来た。

「あ、去年一度お会いしてます！　鶴瓶さんのピンチヒッターがさんまさんで桑田さんがゲストの時に」

あの日もこの店で、さんまさんを中心に遅くまで盛り上がった。

「堀江さんからテープ聴かせてもらったんだけど、面白かった。で、今、何してん

の？」

「はい、あの後鶴光師匠のところを破門になりまして、全国を一年間放浪しながらこれからは音楽と笑いの融合でやっていこうと決めて、渡邊さんに報告しに行きましたら、今度は外国へ行け！　と言われて、今資金集めのためいろいろバイトをしてるんですが……」

「じゃ、うちでバイトしたら？　外国なんか行かなくてもいいよ。すぐに始めるべきだ。サザンの前座とかもやったらいいよ。仕事も無いだろうから、最初はバイトで雇うよ。もうすぐ大阪事務所を開くから、ちょうど有線放送のプロモーターを探してたとこなんよ。あ、来週大阪事務所開設のお披露目日パーティーやるから、司会もやってくれる？」

押しの強い、デカい声でまくしたてる内容は、破門されて梲《うだつ》の上がらない状態でもなんとか大阪で泳いでいた僕にとって、魅力的な餌《えさ》が満載の釣り糸だった。今後の展望に飢えていた僕は、大きな口を開けて食いついた。

「わかりましたー！　早速渡邊さんに報告します！」

「俺からも、なべさんに言うとくから」

堀江さんが微笑《ほほえ》んで言った。

ちょうどこの時期アミューズは大阪進出を目論《もくろ》んでいて、大里さんは頻繁に大阪に来ていた。

ヤンタンには力があった。一曲目でレコードがかかれば、翌日数千枚のバックオーダーが来るほどだ。

サザンオールスターズが土曜日のヤンタンの公開放送に出演した事をキッカケに、大里さんと渡邊さんの距離は一気に縮まり、ナイターオフの一時間番組『ミュージックマガジン』の金曜日を桑田さんと原坊が半年間担当する事になって、ディレクターが堀江さんに決まったところだった。

そして、同じくアミューズ所属のジューシィ・フルーツのイリアが、ヤンタン水曜日のレギュラーに決まった。

大里さんは、渡辺プロから独立して三年。渡辺プロ時代はキャンディーズを担当していて、大いに実績を上げたそうだ。後楽園球場での解散コンサートの時点では既に渡辺プロを退社していたのだが、メンバー三人が熱望したので、外部の人間としては異例の演出を引き受けたらしい。「普通の女の子に戻ります、本当に私たちは幸せでしたー!」は、大里さんの代表作のひとつなのだ。

なんとも凄い人にテープを聴かせてくれた堀江さん、ありがとう。良い展開になって来たぞ！

翌日早速渡邊さんに報告に行くため、茨木の実家から原付バイクに跨《また》がり、爽《さわ》やかな風吹く九月の坂を登る。『勝手にシンドバッド』が頭の中でクルクルリピートしている。

ラジオ制作部に渡邊さんは居た。

「おはようございます」

「ほいほい」

「昨日、アミューズの大里さんと会いまして」

「ほいほい、堀江ちゃんから聞いてるわ。応接室行こか」

制作部の奥にある、応接室のソファーに座る。渡邊さんがテレビのスイッチを入れると、お昼の『笑ってる場合ですよ！』が映った。漫才ブームの最中だ。

「ほんで何て？」

「あ、はい、まずは、バイトで使っていただいて、そのうちサザンの前座をやらせてくれはるとおっしゃっているんですが……」

「ほいほい、そらええ話やなぁ。せやけどな、ここは慎重にならなアカンで」

「はい」

テレビには、人気絶頂の漫才トリオが映っている。

「特に東京は、タレントを使い捨てるから。今は人気ある彼らも、いつまで続くかわからへん世界や」

画面では三人がタンクトップでテーマソングを歌っている。

「はい」

「まぁ、しばらくは大阪のアミューズでバイトさせてもらいながら、しっかり力を付けて東京に出て行くのがベストやな。大里さんにもよろしく言うとくから」

「わかりましたー！　頑張ります！」

「ほいほい」

翌週のアミューズ大阪開設パーティーに、友人の桂雀々からタキシードを借りて出向いた。僕はアミューズ大阪の新人として、司会に雑用に動き回るのだった。未来ある雑用には積極的に身体が動く。パーティーは盛大で、サザンオールスターズ、ジューシィ・フルーツ、近田春夫、スペクトラムを解散したばかりの新田一郎や作詞家の森雪之丞《ゆきのじょう》が梅田のキャバレーを改築したライブハウス「バラード」のステージに並んで、これからの大阪での活動をアピールした。その片隅で進行をしている自分が誇らしかった。

アミューズ大阪支社にバイトで雇われた僕は、本名「鳥飼達夫」の名刺を作ってもらい、有線放送プロモーターとして関西だけで五十ヶ所はある有線放送所を順番に回り新曲をアピールするのだ。最初に与えられたのは、大里会長イチオシの新人「華盛《はなもり》開《かい》」という歌手の『愛はポケットの中に』という愛人目線の演歌寄りポップスだった。放送所にプロモーターが顔を出して芳名帳に会社名とプッシュ曲を書くと、必ずその曲はかけてくれるという暗黙のルールがあった。僕は、今こそ力の見せ所！　と思い、リクエストを受けてレコードをかけるモニター係の女の子を仕事の邪魔にならない程度の節度を保ちつつショートネタなどで笑わせ、松屋町《まっちゃまち》で買った駄菓子屋のクジを持って行くのがオナジミとなって、「当てもんの兄ちゃん」として人気者になった。行けない時には各放送所に電話をかけて、「アミューズの鳥飼ですが、華盛開の『愛はポケットの中に』何位ですか？　あー、泉大津《いずみおおつ》では十五位ですかー。なんとかベストテンに入りませんかー？」などといったやり取りをすると、チャートが少し上がったりした。ある意味、平和な時代だ。結局、『愛はポケットの中に』は関西の有線放送チャートで総合二十一位まで上がったが、そこが限界だった。

次に担当したのが、サザンオールスターズの『チャコの海岸物語』である。発売翌週にはベスト5に入り、その後二ヶ月間首位を走り続けた。「『チャコの海岸物語』を有線で一位にしたのはこの僕です！」と広言して自分の手柄のようにしているが、何といっても曲に魅力があった。

それでも、プロモーターとしての評価が上がったのか、それとも破門になった笑光に愛の手をと思ってくれたのか、アミューズ以外からも「ウチのプロモーションもやってくれないか？」とオファーが来て、「銀蝿《ぎんばえ》一家」の嶋大輔《しまだいすけ》や紅麗威甦《グリース》も担当する事になり、昼間は有線回り、夜は友達のバンドが出ているライブハウスに飛び入り出演と、朝から深夜まで活動した。

サザンが関西にツアーでやって来る時には、ジンベイザメの傍《そば》でチョロチョロご機嫌を取る小判ザメのごとく付いて回って、ウチアゲを盛り上げたり時にはシラケさせたり。それでも、がむしゃらにアピールするのが功を奏したのか、桑田さんがサザンとは別に外国曲のカバーをするバンド「嘉門雄三《かもんゆうぞう》＆VICTOR WHEELS」の大阪でのライブの前座で出してもらえる事になった。

当日は当然のごとく大入りである。五百のキャパに八百の人がひしめいた。

僕は十分の時間をもらい、スキー場でウケた『カワイコブリッコは今日も行く！』、与論島時代に必殺でウケた『哀歌～エレジー～』、最近出来たばかりの『ヤンキーの兄ちゃんのうた』を歌い、八百の笑いを全身で感じてステージを降りた。

そしてお待ちかね嘉門雄三＆VICTOR WHEELSが登場して、大盛り上がりの中ライブは終了した。

ウチアゲ会場は座敷がある「豆狸《まめだ》」という居酒屋だった。二次会で「ポテトキッド」に流れる。桑田さんもバンドのメンバーも、ライブの成功を受けて楽しくグラスを空ける。

不意に桑田さんが僕に言った。

「ねーねー、鳥飼って言う名前、堅くない？　なんか本書きみたいな感じしない？」

キタキタキタキタキタよー！

実は、与論島で貝細工などを作りながら過ごす日々の中で、「笑福亭笑光」という芸名を剝奪《はくだつ》された無力感を抱《いだ》いていて、復帰する時は誰かに名付け親になってはもらえまいか？　と密《ひそ》かに思っていたのだ。

売り出し中の所ジョージさんの名付け親は、宇崎竜童さんだという。ミュージシャンが名付け親ってカッコイイなぁ！

すると、桑田さんの方から火に飛んで来たのだ。すかさず返す。

「じゃあ、名前付けてもらえませんか？」

「わかった。『カメリアダイアモンド』ってのはどうかな？」

「それはイヤです」

「んじゃあ、『嘉門雄三』もう使わないから。使う？」

「それじゃあ、ややこしいから『嘉門』だけいただけますか？」

「いいよー」

と相成って、「嘉門達夫」が深夜のポテトキッドで誕生した。

一九八二年十月。

渡邊さんと大里さん合意のもとで、嘉門達夫として『ヤングタウン』に復帰。まだ鶴光師匠が木曜日のレギュラーを務めているにもかかわらず、破門になる前のポジションである原田伸郎さんの横にそのまま戻してもらえる事になった。

渡邊さんに、

「鶴光ちゃんには僕からも言うとくけど、達夫も挨拶行っときや」

と言われて、師匠がレギュラーで喋《しゃべ》っている木曜日の本番前に顔を出す。

浪花座の奈落で会ってから二年ぶりの対面だ。どう思わはるのだろう？　本番前のスタジオで談笑する鶴光師匠の前に躍り出た。なんか弟子入りした時に雰囲気が似ているなぁ。「弟子にしてください」と言った七年ちょっと前の気持ちと、破門になった後に今また違うスタートラインに立った事を報告する気持ち。今の自分の方が、明らかに主体性があると思う。

「師匠。ご無沙汰《ぶさた》してます。今度アミューズという事務所にお世話になる事になりました。『嘉門達夫』という芸名で、歌を歌っていこうと思います。これからもよろしくお願いいたします」

「あー、なべさんから聞いてる。まぁ、好いたようにやんなはれ」

「ありがとうございます」

心配していた波風は渡邊さんが抑えてくれたのだろう。アッサリとした再会だった。

これで再スタートが切れる。

半年後、毎日放送第一スタジオでヤンタン土曜日の公開録音を見に来ていたお客さんに残ってもらって『ヤンキーの兄ちゃんのうた』をライブレコーディングした。

出来立てのドーナツ盤を自ら有線の放送所に配って回ったら、早速翌週から一位のところも現れて、ようやくアミューズとバイトではなくアーティスト契約してもらえる事に。更には有線放送大賞新人賞もいただいた。

アミューズとヤンタンの親密関係スタートのドサクサに紛れて、僕は嘉門達夫として動き出した。

翌年にリリースした『ゆけ!ゆけ!川口浩!!』は更に売れて、なんとか全国的に知られるようになった。

そんなある日、アミューズのマネージャーに連れられて千里の丘に登った。渡邊さんから直々に話があると言う。

三階の制作部に渡邊さんを訪ねると、「とりあえず金龍庁行こか」と言う。本館の敷地を少し下ったところにある中華料理店だ。

千里の「食」は、選択肢が限られている。社員食堂である桃山産業の定食ならびに麺《めん》類、喫茶オリオンのハンバーグ定食もしくはナポリタンかミートソースのスパゲッティ、そして金龍庁の中華である。

渡邊さんは少し重要な話の時は金龍庁に連れて行く。今日はどうやらそう軽い話ではなさそうだ。

渡邊さんは中華丼《どん》、僕とマネージャーは醤油《しょうゆ》焼き飯を口に運びながら近況を報告する。

「今度『ゆけ！ゆけ！川口浩‼』で、『ザ・トップテン』の注目曲に出るんです」

「ほいほい、そらええなぁ」

「『ひょうきんベストテン』もほぼ決まりで」

「なかなかええ調子やなぁ」

「はい。ありがとうございます」

良い話を報告出来て、心底嬉しい。二年前の破門の渦中にいた時とは全く状況が違う。渡邊さんが続ける。

「実はね、今チャゲ&飛鳥がやってる火曜日を、達夫と河合奈保子ちゃんで春からやってほしいねん」

な、な、なんと！　なんたる抜擢《ばってき》。二十五歳の僕は素直に喜ぶ。

「ホンマですかー！　サブではなく河合奈保子さんとメインですかー？」

「ほい、そや」

「ありがとうございます！　もっともっと売れたら、渡邊さんにジャガーを買ってあげます！」

「ほいほい、そらありがたいなぁ。期待せんと待ってるわ。とりあえず春から頼むで」

「わかりましたー！」

二月。金龍庁から毎日放送に戻る坂を登る。吹く風は冷たかったが、僕の気持ちはまるでひと足早く桜が咲いたようだった。

その後、河合奈保子さんと五年に渡るコンビを組む中で、僕の世間へのアピールは続く。『笑っていいとも！』のレギュラーが決まり『小市民』がそこそこ浸透した時、なんとなく「このテの歌がここまで来られたら十分！」という空気が流れたような気がした。僕としては更に先に進みたいと思っていたのだが、妙な完結した雰囲気の中で行き詰まりを感じていた。

大里会長の愛弟子《まな》で、かつてキャンディーズのバックバンドでトランペットを吹いていた新田一郎さんは、既にアミューズから独立して「代官山プロ」を設立し、爆風スランプをまさに爆風のごとく当てていた。新田さんには『ゆけ！ゆけ！川口浩‼』『アホが見るブタのケツ』などのアレンジをしてもらっていて、気心は知れていた。

イベントで一緒になって話す中で、この人なら僕を次のステージに連れて行ってくれるかもしれないと思った。新田さんからも熱心な誘いがあり、大里さんに真意を話して移籍することを許諾してもらった。レコード会社も変わっての再スタートだ。バブル経済の勢いはまだ続いていた。

一九九一年〜九三年、『替え唄メドレーシリーズ』、『鼻から牛乳』の流れからの三大アリーナコンサートの成功。更にはＮＨＫ紅白歌合戦出場へと一気に駆け上っていった。

一方渡邊さんは、ラジオ局を離れスポーツ部を経てテレビのプロデューサーに出世していた。一九九二年の年末には、大阪城ホールのコンサートに顔を出してくれて、終演後「よう頑張った！」と褒めてくれた。更に「こっから先も長いから抜かるなよ」と月の輪熊は微笑んでくれた。

熱中ラジオ　丘の上の綺羅星

第三部　渡邊一雄篇

Tatsuo Kamon

NECYU RADIO

OKANOUE NO KIRABOSHI

第一章
約束

二〇〇五年七月。

夏の日射《ひざ》しがようやく和らいで、人影が歩道に長く映し出される頃《ころ》、大阪東急ホテルの宴会場には懐かしい笑顔が咲いていた。

今日は、渡邊さんが書いた『ヤンタンの時代。』の出版パーティーだ。

前年の秋、僕が落語家を破門になった時にヤンタンの穴を埋めてくれた親友の桂雀々と飲んでいた時の事だ。その場のイキオイで渡邊さんに電話しようという事になり、北新地の串揚《くしあ》げ屋から電話を入れた。

「渡邊さんですか。今、雀々と飲んでるんですがヤンタンの事を本にして残してもらおう！　という事になりましたんで電話しましたー！　渡邊さんが作ったヤンタンの歴史を本にしてくださいよー！」

「おー、ほいほい、エラいイキオイやなぁ。大分飲んでるんかいな。そやな、そら確かに一理ある。考えとくわ」

あれから半年余り。ヤンタンに携わった皆さんの協力でトントン拍子に話が進み、出版に漕ぎ着けたのだった。

会場には、谷村新司、ばんばひろふみ、斎藤努、西岡たかし、原田伸郎、角淳一、オール阪神・巨人、根本要、大津びわ子、笑福亭笑瓶、北野誠や桂雀々などのかつてのレギュラー陣に、アナウンサー、歴代のディレクター、ミキサー、レコード会社のプロモーターに加えて当時のバイト連中など百八十人が集まった。

パーティーの司会を務めるのは元ヤンタンメンバー、毎日放送の柏木《かしわぎ》アナウンサーで、開始にあたり再会の喜びで沸き立つ会場に一声を発した。

「皆様、本日は渡邊一雄著『ヤンタンの時代。』出版パーティーにようこそいらっしゃいました。まず最初に、著者であります我らが〝ヤンタンの父〟渡邊一雄よりご挨《あい》撒《さつ》させていただきます」

感謝の籠《こも》った拍手に迎えられ、黒のタキシード姿の渡邊さんが誇らしげに壇上に向かう。

七十歳になったかつての敏腕プロデューサーは、五年前から完全リタイアして、神戸の北野坂中腹にある日当たりの良い自宅で暮らしている。会う毎《ごと》に頭髪は白くなり、今や泰然と蓄えた口髭《くちひげ》にも黒い部分は見出《みいだ》せない。時々牙《きば》を剝《む》いていた月の輪熊《ぐま》が、穏やかな余生を過ごす白熊になったようだ。

白くなった月の輪熊が、咳払《せきばら》いをしてから話し出す。

「ええん、えー、ほいほいほいほい。今日は私の出版パーティーにようこそお越しいただきました。三十八年前に『ヤングタウン』を立ち上げまして、二十年間現場で過ごしました。いろんなメンバーが巣立って行きましたが、去年の秋に嘉門達夫と桂雀々から電話が掛かって来まして、『ヤンタンの事、残しておいてください』と言われたのがこの本を出すキッカケです。今日は懐かしい皆さんのお顔を拝見出来て、非常に嬉《うれ》しく思います。どうか最後まで楽しんでお過ごしください」

僕が三十四歳で『ヤングタウン』を降りてから十二年が経《た》っていた。十九歳で最初にレギュラーになってからは、二十七年の月日が流れた事になる。渡邊さんのお陰でなんとか今日までやって来られた。それは、ここに居る全員が思っている事だ。

『ヤンタンの時代。』には創成期からの歴史も記されており、『今月の歌』のリストや、歴代パーソナリティーの変遷も年表になっている。渡邊さんのそれぞれのパーソナリティーに対する想《おも》いが詰まった温かい本に仕上がっていた。

谷村新司さんや桂三枝さんを長男だとすると、末っ子にあたるのが桂雀々、北野誠、笑福亭笑瓶、スターダスト・レビューの根本要と僕だ。ヤンタン育ちで、今でも仲がいい。

この日ホテルのバーの二次会でも、末っ子達はいつものようにワイワイと盛り上がっていた。そこに谷村さんがいらっしゃった。大先輩の存在はあまりにも大きく、それまでは挨拶《あいさつ》をするくらいの存在だったが、珍しく至近距離で話をするうちに、東京で谷村さんと笑瓶、誠、僕が住んでいるエリアが実に近い事が判明した。調子に乗った僕は思い切って、谷村さんに聞いてみた。

「今度お宅に遊びに行ってもいいですか？」

「うん、いいよいいよ。おいでおいで。今度若手みんなで、家に遊びにおいで」

わ、若手、とおっしゃられても、みんなもうすぐ五十なんですけどね。ははは。渡邉さんを囲んで、夜半までバーには笑い声が響いていた。

早速翌月に、中年の若手五人組は谷村家に押し掛けた。東京だけで引っ越すのが二十数回目になるというお宅は、高級住宅街の一画に一年半前に出来たばかりで、オレンジ色の外壁が初々しい。もうこの場所からは動かないとおっしゃる。

谷村さんはもうすぐ還暦を迎えられる。アリス時代のようなギラギラした野性味は姿を潜め、白い髭を蓄え歳《とし》を重ねた龍《りゅう》のような面持ちだ。

リビングには広いカウンターがあり、七、八人がゆったり座れる。鉄板が仕組まれており、いつでもお好み焼きが焼ける特注だそうだ。

その日のメインは、谷村さん自らが焼いてくれる「大阪東住吉テイスト」の豚玉だった。糸こんにゃくを刻んで入れるのと、天かすの配合がポイントらしい。

僕らは、

「オイシイです！　オイシイです！」

とムシャムシャ食べる。

「どんどん食べや！」

と谷村さんが微笑《ほほえ》む。

しかし僕らはもう五十ですし、体育会系の学生じゃないわけで……。

それでも、

「何が入ってるんですか？」

などと、興味深げに質問しながら食べる。ここは、一心に食べる事が若手の務めである。

谷村さんの奥さんが、大皿に生命力溢《あふ》れるクレソンサラダを盛ってくれている。

「このサラダはね、ドレッシングがポイントなの。評判いいのよー！」

ここは、

「そうですかー！」

と率先してサラダに箸《はし》をのばすのが、真っ当な後輩の姿だ。

雀々、笑瓶、僕が、

「ウマイですねー」「ウマイですねー」「ウマイですねー」

と湖面に投げられた飛び石みたいに上手に若手発言をした後、誠の一言で石は湖に沈んだ。

「こんなオイシイクレソン食べたの初めてですわ！」

クレソン褒めてどうすんねん！　褒めるならドレッシングやろ！

残念ながらクレソンの生産者はその場におらず、ドレッシングの調合者はひきつった顔で笑っていた。そんな事を突っ込んで、また、みんなで笑った。

谷村さんに一歩近づけた嬉しさに酔いつつ、深夜家路に就いた。

翌日、渡邊さんにメールを入れた。

「昨日、『若手』みんなで谷村さんのお宅にお邪魔しました」

「らしいな。谷村からもメールあったわ。お陰さまで本はボチボチ売れています」

渡邊さんが敷いたレールの上を、いろんな先輩の背中を見ながら走れた時期があった事を誇りに思った。


二〇〇六年十月。

今日は谷村新司さんの東大寺コンサートだ。事前に「是非、見せてください！」とお願いしていたし、渡邊さんが行く事も聞いていた。

十三時三十分に、出演者を乗せたバスは大阪市内のホテルを出発した。同乗させてもらった僕に谷村さんが、

「嘉門はなべさんのお守りをよろしく！」

と囁《ささや》いた。

「わかりましたー！」

と「若手」らしく元気に答えて、バスは紅葉にはまだ早いやや色付きかけた薄緑の生駒《いこま》山を越えて大和路を進む。いい日旅立ちである。

東大寺の駐車場で鹿《しか》の歓迎を受けた後、谷村さんはリハーサルの準備に取り掛かった。渡邊さんと僕は、開演の十八時半まで時間があるので二人で過ごす事になった。

とりあえず、大仏殿に出向いて大仏を見上げる。

「デカいですねー」

と九十八％の人が述べる感想を僕が口にする。

「ホンマやなー」

と、それしかないであろう答えが渡邊さんから返る。

「昔『夜中になると便所へ行く奈良の大仏』って歌いましたわ」

「何の歌やった？」

「『あったらコワイセレナーデ』です」

「せやった、せやった」

「『大仏様は思ったより大きかったです』と作文に書くヤツ、いうのもありました」

「ほいほい、それは何の歌や？」

「『アホが見るブタのケツ』です」

「それは知らんなー」

「大仏の鼻の穴と同じ大きさの柱に開いた穴を必死に潜《くぐ》るとかね。修学旅行で来たらみんなやるんですよ。あの柱の穴です」

その日も、観光客が穴を潜るための行列を作っていた。欧米から来たであろう男性が興味深げに写真を撮っている。大仏の裏側に回って、更に渡邊さんに語りかける。

「あと、最近では『奈良の大仏』のパチモンで『生の大仏』、まだ乾いてないなーというのんもあります」

「ようそんだけアホな事ばっかり考えるなー」

七十一歳の白髪熊は、昔と変わらず微笑んだ。

「元々鶴光師匠の弟子ですからねぇ」

「そういやぁ、あの時は大変やったなぁ。あれから何年になる？」

「破門になったのが、二十一の時でしたから、二十六年になります」

「鶴光ちゃんの奥さんに反抗してなぁ」

「今から思うと、我が儘《まま》な弟子でしたわ。破門になっても当然でしたね。ははっ」

大仏殿を出て、左手にあるお水取りで知られる二月堂に向かう。

「実は昨日ね、幼稚園からの同級生の葬式やったんですわ」

「ホンマかいな」

「十五年くらい前に僕の現場に付いてた事もあって、渡邊さんにも何回かはお会いしてると思います。高倉っていうんですけどね」

「ほいほい、あの髭生やしたヤツか？」

「そーです、そーです。肺がんが頭に飛んで、余命宣告から半年でした」

「いくつやったん？」

「四十七です」

「若いなぁ。達夫も気ぃ付けや」

「はい」

緩やかな坂を小春日和の日射しを浴びながらゆっくり登る。

「で、最近でやねんな？」

何度も浴びたこの質問。調子のいい時も悪い時も、頑張ってる感を孕《はら》んだ答えを返さなければならない。

「そうですねー、相変わらずアルバムを年二枚ペースで出してますし、もうすぐツアーも始まります」

「関西は、たかじんと上沼恵美子の天下やなー」

テレビの露出の事を言っている。テレビに出ていると活躍、あんまり出てないと停滞。そこのみで評価をされるのも困ったものだが、世間の目とはそういうものだ。自分の意思で追いかけるのではなく、無意識に視界に入って来るかどうかで活躍指数は上がるのだ。

「インターネットの番組を始めたりですねー。あ、あと来年は、パチンコ台になります。といっても、僕がパチンコ台に変身するわけやないですよ」

「わかってるがな。ほいほい、そーかー。パチンコ台かー。なかなかなろうと思っても、なれるもんやないわなぁ。そら、良かったがな。そやけど、あれ、結構実入りがええらしいなー」

「そうなんですかねー」

「そろそろ、ジャガーの約束果たしてもらう時が来たみたいやなー」

「え？」

げげげ！　出た！　ジャガーの約束。覚えてたんかー！

『ヤンキーの兄ちゃんのうた』がそこそこ売れて、『ゆけ！ゆけ！川口浩‼』で全国的に名前が出始め、加えて河合奈保子さんの相手役に抜擢《ばってき》された時に、僕は言った。

「もっともっと売れたら、渡邊さんにジャガーを買ってあげます！」

と。

でも、それは、多くのチャンスを与えられた若者が恩人に対して発するリップサービス、社交辞令ではないか。ディナーをご馳走《ちそう》しますとか、世界一周にご招待しますとか、家を建ててあげます等の発言は、ほとんどが夢とセットで付いて来る甘い幻で、実行に至る事はまずない。でも、甘い幻で遊ぶのが関西人である。

僕が二十代の頃、渡邊さんは年二回くらいのペースで「達夫、ジャガーはまだかいな？」と企《たくら》みを孕んだ微笑みで催促をしてきた。

まだまだこれから、もっと大きく伸びるのだと思っている僕は、

「いや、もう少し待ってください」

などと言いつつ、お歳暮に北海道からジャガイモを送り、

「しばらくはこの『ジャガ』で繋《つな》いでおいてください」

と添えた。

それからも「ジャガーはまだかいな?」攻撃は毎年続くので、『替え唄《うた》メドレー』で紅白に出た年には、ジャガーの十八分の一のスケールの模型をプレゼントした。

『ヤンタンの時代。』で僕について書かれた箇所には、

「『ぼくが出世したら、渡邊さんにジャガーを買ってあげます』と言っていた嘉門達夫。彼はその約束を果たしてくれた。彼が贈ってくれたジャガーのミニカーはぼくの大切な宝物のひとつだ」

と記されている。

完結してますやん。

ええ話として、ちゃんと成立してますやん。

東大寺の大仏さんが、眠っていた約束を呼び覚まさせたのか? それとも二月堂の大観音、小観音のお力か? 渡邊さんは老いた月の輪熊の顔でニヤリと笑い、話の主導権を握った。

「去年、箕面《みのお》から嫁はんの実家の神戸に引っ越したんや」

「はい、伺ってます」

「北野の中腹に移ったんで、坂が多くて道が狭いねん」

「ほう」

「ジャガーやとデカいねん」

「え？」

「今、オペルに乗ってんねんけど、コイツの調子が悪いねん」

ズンズンと攻めて来る。飛車も角もあっさりと取られて、王手がかかる。

老熊は、どうやら本気みたいだ。

「ベンツの小っこいのんで、ちょうどええのが出てん」

「あ、はい」

「あれ、頼むわー」

た、た、頼むわーって！

事務所に所属してるので、パチンコ台になっても契約料は個人に入って来ませんね。それに台数も少ないですし、それほど裕福な懐でもないんですー、とは言わずに、「そうですかー、考えときますー」などと明言を避けているうちに、奈良の太陽は姿を隠し、境内には観衆が集まり始めた。

大仏殿の正面に設置されたパイプ椅子に渡邊さんと並んで座る。八千人もの人が大仏殿に向かって座っている。

今夜の催しは、重源《ちようげん》上人没後八百年御遠忌《おんき》記念法要慶讃《けいさん》奉納行事である。一一八〇年に大仏殿が焼け落ち、大仏も大破。それを再興させたのが重源上人だ。上人の夢は千人の子供達による読経奉納だったが、実現出来ずに亡くなった。今日のコンサートのオープニングは、日本人と中国人の少年少女百人が日本の童謡『赤とんぼ』と中国の童謡『茉莉花《ジャスミン》』を谷村さんと共に歌った。

重源上人の思いを汲《く》んだ、感動的な幕開けである。『昴《すばる》』『いい日旅立ち』『三都物語』などのヒット曲も、ホールで聴く時より更にご利益パワーを纏《まと》った旋律となってありがたく耳に届く。谷村さんに重源上人が乗り移ったかのようである。

中でも『サライ』が際立った。サライとは、ペルシャ語で「家」の事だ。大仏のサライの前には、初秋なのに桜吹雪が舞ったような気がした。荘厳な谷村ワールドと、いくつもの歴史を越えて来た奈良の夜が馴染《なじ》んだ。

焼け落ちた大仏を再興させた重源上人を想う。

そして、僕は横に座る渡邊さんとの歴史を振り返る。


あの日の僕は、目を閉じて何も見えない状態だった。

哀《かな》しくて目を開けたら、荒野に向かう道しか見えなかった。

僕の夢は、宿命の星達のように砕け散った。

そして、密《ひそ》やかにこの身を照らしてくれたのが、渡邊さんだった。

我は蒼白《あおじろ》き頬《ほお》のままで旅に出た。

さらば鶴光師匠よ、と呟《つぶや》きながら。


数日後。

パソコンに、渡邊さんからのメールが届いた。

「先日はお疲れさん。谷村も達夫も頑張ってるみたいで嬉《うれ》しかったです。

ところで、早速オペルの下取り価格を調べてみると、今だと百万で売れるそうです。

あとは達夫に任せるから、ここはひとつ真剣に考えてくれへんかな?

ワタナベ」


本気やがな。

定期預金の隅っこに、ベンツになる資金がギリギリあった。

でも、マジ? どうしよう?

ここは谷村さんに相談するのが真っ当だと思い、電話してみた。

「東大寺はお疲れさまでした。素晴らしいコンサートでした」

「そう。ありがとう」

「ところで、あの日、渡邊さんから本当にベンツちょうだいって言われたんですけど、どうしたらいいでしょう?」

「その話、なべさんからも聞いてるで。まぁ、一気に夢が叶《かな》って老け込むのもなんやし、もう少し待ってくださいとか言うて引き延ばしたら?」

「そうですよねー」

「けど、今なべさん七十一歳やろ。運転出来るうちにプレゼントしとく手もあるね」

「え？」

「嘉門に任せるわ」

ありゃ？　また任せられた。

これはええ話なのか？　それともエグい話なのか？　仲間の間でも、賛否両論の嵐《あらし》が吹いた。

でも、その後も続く具体的な催促メールを受けて、ここで抗《あらが》うのも粋じゃないと思い、僕は白旗を上げて早急にベンツの手配をする事にして、オペルの下取り価格を差し引いた金額を業者に振り込んだ。

年末には納車。ヤンタンファミリー仕切りの贈呈式が行われる事になった。

十二月十六日。

ラジオの生放送終わりで、指定された大阪靫《うつぼ》公園脇のオープンレストランへ向かう。夏には鬱蒼《うっそう》と生い茂る広葉樹は全《すべ》て葉を落とし、茶色い木肌が寒さに拍車を掛ける。住宅街から公園に向かう路地に入った時、レストランらしき建物の正面に自慢気な光沢を放って鎮座する真っ白い「小ベンツ」が見えた。

ベンツに向かって二十メートルほど歩いて、入り口のドアを開ける。

渡邊さんはタキシード姿で僕を見つけるなり、満面の笑みでハグをして来た。

「達夫！　ありがとう！　ベンツ見た？」

僕は、長年のお付き合いの中で初めて受けたハグに少し慄《おのの》きながら、

「あ、チラッと」

と答え、渡邊さんの腕から逃れて、

「見に行きましょうか」

と言うと、

「こっち、こっち！」

と、僕を先導する。

改めて、ベンツを見渡す。紅白の襷《たすき》は、古参のヤンタンスタッフが掛けてくれたのだろう。笑顔をキープしたままの渡邊さんが、ベンツのサイドミラーのすぐ下を指差す。

「達夫、イニシャル入れてもらってん。達夫にプレゼントしてもらったという事で、嘉門の『K』と、渡邊の『W』」

確かにボディーに『K・W』と入っている。

「ちょっと待ってくださいよ、渡邊さん。嘉門の『K』とも取れますが、渡邊一雄のイニシャルの『K・W』とちゃいますのん？」

一瞬怯《ひる》んだ渡邊さんは、

「ほいほい、そういやー、そうやなぁ」

と、更に嬉しそうに破顔した。

この日は、四十名のヤンタンOBが集まった。

みんなは僕に、

「アホちゃうか？　ホンマにあげてどないすんねん？」

とか、

「ようやった！　また稼いだらええ！」

などと、まぁここに来ている人達だからこその概《おお》ね好意的な感想を述べた。

終始満面の笑みを湛《たた》えた渡邊さんは、出席してくれた皆さんに嬉しそうに紅白饅《まん》頭《じゅう》を配っていた。

僕は『ゆけ！ゆけ！川口浩‼』の替え歌で、『ゆけ！ゆけ！渡邊一雄‼』を歌った。

二十五歳の時に出した『ゆけ！ゆけ！川口浩‼』。川口さんもとうに亡くなり、テーマとなったテレビ番組『水曜スペシャル川口浩探検隊』の存在すら認知する人が少なくなった今も、替え歌としてこの曲は自分自身で重宝しているのだ。

『ゆけ！ゆけ！渡邊一雄‼』

渡邊一雄が　加古川《かこ》に生まれる
お父さんが　神戸新聞に勤める家庭に生まれる
中学の頃から　ラジオに憧《あこが》れて
毎日放送に　入社をしてラジオ番組を作る

当時深夜放送は　圧倒的にラジオ大阪が強かった
斎藤努さんを起用して　ヤングタウンを立ち上げる
桂三枝さんも参入し　角・鶴光コンビもやって来た
谷村・バンバン登場し　ヤンタンの時代の幕開けだ

ゆけ！　ゆけ！　渡邊一雄‼　ゆけ！　ゆけ！　渡邊一雄‼

多くの始末書抱えて　どんとゆけ！
鶴瓶にさんまに　仲郎、たかじん、紳助
みんな新人で　無名だったが　ヤンタンから育った
鶴光の弟子の　笑光も使ってみたが
師匠のヨメはんに　逆らって破門になりよった

嘉門達夫と名前を変えた　破門になった元笑光
松竹芸能説き伏せて　番組に復帰させた
なんとありがたい大抜擢　この時嘉門は渡邊さんに
「僕が売れたら恩返しに　ジャガーをプレゼントしますから！」
達夫よ　ジャガーはまだか？　渡邊さん、も少し待って！
会うたび　ジャガーはまだか？　しつこいなー！
あれから二十五年が過ぎて　達夫ジャガーはもうええわ！

小っこいベンツがほしいねん　そんななりゆきで今日を迎えました
来た来た小っこいベンツ　渡邊さんベンツに乗って
まだまだ長生きしてよ　どんとゆけ！

僕は五十を前にかなり無理をしたけど、長年の約束を果たせて良かったと思った。
この一件を、渡邊流の叱咤《しった》激励と受け取った。
こんなポジションで満足するなよ！　もっと達夫、頑張らんかい！
滅多に着ないタキシードに蝶《ちょう》ネクタイ姿の渡邊さん。
この時撮った嬉しそうな写真が四年後の遺影になるとは、思いもよらなかった。

第二章

再会

二〇〇九年九月。

夕方自宅で歌詞の整理をしていると、ケータイが震え、ディスプレイに「渡邊一雄」と表示された。

「はいはいー、達夫です。お元気ですかー？」

「ほいほい。いやー、実はな、俺、『たかくら』になってしもてん」

あまりに明るく言うので、真意が汲《く》み取れない。

「え？　どういう事です？」

「達夫の書いた本あったやろ。友達の高倉と同じ症状やねん」

幼稚園からの同級生、高倉の事を書いて、『た・か・く・ら』というタイトルで出版したのは、彼が亡くなった翌年の二〇〇七年の事だった。

腐れ縁の友人が医者から余命三ヶ月と宣告されて、辛気臭いのんイヤやから明るく楽しく送ってくれと頼まれた。それじゃあと旅行に行ったり、同窓会をやったり、初恋の人を探したりして、最後まで出来るだけ賑《にぎ》やかに盛り上げた。おまけに葬式の最後には、予《あらかじ》め撮影してあった本人挨拶《あいさつ》のビデオを流して、僕は『ゆけ！ゆけ！高倉義和‼』という、ヤツの胡散《うさん》臭い人生を讃《たた》える歌を歌って送り出した。全《すべ》て実話で、後日ドラマにもなった。

渡邉さんには葬式の翌日、谷村さんの東大寺コンサートの場でチラッと報告していた。本になったので送ったら、数日でメールが来て、

「こんな話聞いた事ないわぁ。オモロかった！」

と褒めてくれた。

あれから二年。近頃はメールでやり取りするのがほとんどなのに、わざわざ電話で『高倉になってしもてん』と告げるということは、俺もオモロく送ってくれという事なのか？

「それにしても、高倉と全く同じとはビックリしたわ」

と言う事は、渡邊さんも余命宣告されたという事か。半年前に会った時は、全然元気やったのになぁ。突然のカミングアウトに動揺しそうになったが、そこは平静を装って答えた。

「なるほど。とりあえず、近々お見舞いに伺います！　何かリクエストありますか？」

「ほいほい、ほな、びわりん連れて来て」

「わかりましたー」

びわりんとは、ヤンタンの原田伸郎さんの曜日に、僕と一緒に出演していたパーソナリティー、大津びわ子さんの事だ。

「びわりんと行きます！」

明るく切って、即座に渡邊さんの息子さんの雄介さんに電話を入れた。東京で耳鼻科のお医者さんをされている。

「久しぶりです。さっきお父さんから電話あったんですが、どんな具合ですか？」

「親父《おやじ》、どう言うてました？」

「高倉になってもうたと。つまり、三年前に肺がんが頭に転移して亡くなった僕の友人と同じ症状やと言うてはりました」

「その通りです。親父も今は止《や》めてますが、昔は相当なヘビースモーカーだったでしょ。それが原因で肺がんになったんやと思います」

「えーっと、どんなカンジですか……」

「あと半年と宣告されました」

「そうですか……。わかりました。近々病院に伺います」

やっぱりホンマなんや。通話ボタンをオフにして、しばらくボーッとしていた。

……渡邊さんもか。

ずっと一緒に遊んでいた高倉の死もこたえたが、僕の人生に道筋を付けてくれた渡邊さんも死んでしまうのか。

渡邊さんは確か七十四歳。ちょっと早いような気がする。遅かれ早かれみんな彼岸へと旅立つ。そんな事はわかり切っているけれど、眼前に突きつけられると無力感に襲われる。

一週間後、僕は三宮のそごうの果物売り場で「お見舞い／嘉門達夫・大津びわ子」と熨斗《のし》をかけてもらったメロンの箱を抱えて、びわりんと待ち合わせをした。

時間通りに駅で落ち合い、人工島へ行く小さな車両に進行方向に向かって並んで座った。

「やっぱり、見舞いにはメロンでしょう！　ひと玉一万円のヤツ、張り込んどいた！」

「うん、ありがとう。それにしてもびっくりしたわー」

昔と変わらない鈴を転がすような声が至近距離で聞こえて来て、一瞬落語家時代を思い出す。

ヤンタン卒業後は、毎日放送の社員と結婚して、今では娘さんも成人しているという。

「せやねん。二月に僕の結婚パーティーでは、嬉《うれ》しそうに主賓の挨拶してくれててんけど」

「あ、そやった。達夫さん結婚したんやねぇ。おめでとう」

「あ、ありがと」

僕は、四十九歳で初めての結婚生活をスタートさせたところだった。

いつまでも身を固める気配のない僕に、渡邊さんは、

「まだ結婚せえへんのかいな?」

時には、

「はよ結婚しいや」

と言い続けていた。

それだけに、結婚が決まって婚約者を紹介した時には、奮発して神戸北野のフレンチレストランでお祝いをしてくれた。

万博公園に隣接する「ホテル阪急エキスポパーク」で行われた披露宴の時にも主賓の挨拶をしてくれて、ベンツのエピソードを嬉しそうに語っていた。

ヤンタン出身者の中で、渡邊さんにとっては出来の悪い、いつまでも手のかかる末っ子のような僕の結婚を心底喜んでくれたのだ。

あれから半年余り。

『高倉になってもうた』渡邊さんに、どんな態度で臨むのが相応《ふさわ》しいのだろう。

ポートライナーは緩やかなカーブを描いて海に向かって進む。

「昔、千里丘のスタジオで、『コンニャク投げて何枚受ける事が出来るか』に僕が挑戦した時、びわりんにコンニャクぶつけて、エラい怒られた事あったなー」

「本当？　覚えてないわー」

彼女は僕より二つ歳上《としうえ》で、一緒にヤンタンのレギュラーになった時は女子大生だった。僕が十九で、びわりんが二十一歳。あれから三十年経《た》っていろんな経験をしてそれぞれに熟成した二人は、医療センター駅で降りた。

真新しい建物に入り、病棟のエレベーターに乗る。五〇二号室が渡邊さんの個室だ。ドアが開いていたので中に入り、淡い緑色の薄い生地のカーテンをサワッと手で払うと、ベッドの渡邊さんと目が合った。僕を見て、ヤンタンのオーディションを受けた時みたいにニヤッと月の輪熊《ぐま》のように笑った。

「ちわー！」

僕がご用聞きのように挨拶すると、

「どーもー」

と、びわりんは新人漫才師のようなセリフを高音で吐きながら、僕の後に続いた。

九月とはいえ日射《ひざ》しは強く、冷房必須《ひっす》の残暑である。

「元気そうじゃないですかー」

末期とはいえ、人体のメカニズムは急激に肉体を衰えさせはしない。少ぉ〜しずつ、少ぉ〜しずつ終末に向かわせる。渡邊さんは、主賓の挨拶をしてくれた時と変わらずまだまだ元気だ。しかし、既に命のカウントダウンは始まっている。それはわかってはいるけれど「元気そうじゃないですかー」以外に掛ける言葉を思いつかなかった。

言われた当事者は、

「せやねん。元気やねん」

と答える。明るい談笑こそが、この場には相応しい。

「どんな具合です？」

「ほいほい、七月になぁ、よろけて転《こ》けたんよ。平衡感覚がうまく摑《つか》めないんで、病院行ってMRI撮ったら肺がんが脳に転移して、もうどうしようもないらしいねん。まさに達夫が書いた『た・か・く・ら』とおんなじ事になってん」

何度も高座に掛けた落語の枕《まくら》を語るように、渡邊さんは流暢《りゅうちょう》に話した。

「あー、そうですかー」

と答えるしかなく、僕は三年前の高倉の最期を思い出した。

最終的に大阪ローカルの胡散臭いイベント会社の社長として人生を終えた高倉ですら、友人達がワッショイワッショイと盛り上げて賑やかなものになった。

ヤンタンを作った渡邊さんの病状が知れ渡ったら、凄《すご》いメンバーが集まるのではないだろうか。

「ところで、渡邊さん、病気の事はどこまでの人が知ってるんですか？」

「ほいほい、もうな、かつてのヤンタンのメンバーとかには言うてて、明日もアリスの三人が来てくれるし、来週には三枝君も見舞《みも》うてくれるんや」

やっぱり凄いメンバーだ。

「来月には鶴瓶ちゃんが、昼休みにここのロビーで落語やってくれるねん。達夫もなんかやって！」

なんかやってって！

末期の患者さん達が入院する真新しい病棟のロビーで、お見舞いライブか。

「やります！　やります！」

と手帳でスケジュールを確認してみる。

「十一月二十四日やったら今のところ大丈夫ですが、まだ生きてはりますか？」

「アホ！　そう簡単に死なへんで。ほな、頼むわ！」

「わかりました」

「それにしてもありがたい話やで。こないにみんなで盛り上げてくれるやなんて、ラジオやってて良かったわ」

「やっぱり盛り上げは必要ですか？」

「そらそうやん。俺も高倉と一緒で、辛気臭いのんイヤやねん」

僕らを育ててくれたこの月の輪熊は腹を決めたみたいだ。ほな、しっかりやらせてもらいましょう。当日は、甘いハチミツをまぶしたドングリライブをお持ちしましょう。

三十年お世話になった渡邊さんが、もうすぐ居なくなる。この人をどうやって笑わそうかといつも考えていた。どうしたらこの人が褒めてくれるだろうかとずっと考えていた。

一瞬、寂しさが心に滑り込もうとしたが、すぐに撥《は》ね除《の》けた。ここは笑って逝《い》ってもらおう。

それにしても、オレは必殺見送り人か？　と虚《むな》しく心の中で自分に突っ込んだ。

渡邊さんの治療は、無理な延命はしないが出来るだけの事はすると聞いた。当面は、病院で一週間入院しつつ放射線を当てたら一度退院し二週間は自宅で過ごすというサイクルを五回繰り返すスケジュールらしい。いずれにしても、まだ一人で歩けるくらいお元気だ。

十月に入って、渡邊さんからメールが届いた。

「達夫様、元気ですか？　こっちはボチボチやっています。先日は鶴瓶ちゃんがロビーで落語をやってくれて、大盛況でした。しかも、前座でスターダスト・レビューの根本要君が三曲歌ってくれて、僕としても鼻高々でした。

ところで、以前お願いした十一月二十四日のロビーコンサートですが、ホンマにやってくれますか？

残念ながら、これはボランティアということで良いですか。

いずれにしても、お目にかかれる二十四日を楽しみにしております。

肩書きは、コミックソングの第一人者という事でええのかな。

ワタナベ」

「もちろんです！　二十四日はギター持参で伺いますので、病院中に宣伝しておいてください。

達夫」

迎えた当日、ギターを抱えて病院に入ると、エレベーターホールにはポスターが貼《は》ってあった。

僕の写真を配してある。インターネットから引っ張ってきたのだろう。

「『嘉門達夫ミニライブ　十一月二十四日（火）十二時四十五分～十三時四十五分　先端医療センター内　四階ロビー』♫替え唄《うた》メドレーで有名な　嘉門達夫さんが　先端医療センターでミニライブを開いてくれることになりました　患者さま、病院職員の皆さま　お気軽にお越しいただき、軽妙なライブをお楽しみください」

パジャマからポロシャツとスラックスに着替えた渡邊さんは病室に居た。元々地黒なのだが、幾分顔色に黒みが増した気がする。空腹熊が餌《えさ》を見つけた時のように、嬉しそうな眼差《まなざ》しで僕を迎えた。

「ポスター作ってくれはったんですね」

「ほいほい。よう来てくれた。みんな楽しみにしてるでー。そろそろ世間的にも新たなデカい一発当てや。期待してるで！」

「わ、わかりました」

「ほな行こか」

「はい」

なんかエラい張り切っている様子だ。

会場には歴代のヤンタンディレクター達、ミキサー陣、そしてデスク担当だった女の子にバイトの面々等、番組を支えた連中が十数人来ていた。アミューズの大里さんに僕を紹介してくれた堀江さんもいる。その他は、ほとんどが病院関係者である。医師に看護師、車椅子《いす》に乗った患者さんやベッドごと点滴込みで聴きに来てくれた人もいた。

渡邊さんが、満足そうな顔でマイクを持って前に出た。

「どうも皆さん、ようこそ。今日は昔からの付き合いの『嘉門達夫』さんが、ミニライブをやってくれます。どうぞ、最後までお楽しみください」

拍手に迎えられて登場、

「えー、そんなわけで、今挨拶された渡邊さんにずっとお世話になってまして、今日歌わせてもらう事になりました。こういう場にはどういう歌がええのんかわからへんのですが、まずは『アホが見るブタのケツ』から聴いてください」

汗だくで六十分やった。渡邊さんも、会場のみんなもウケてくれた。

歌っている最中に、笑顔の渡邊さんが目に入った。笑わせる歌を歌っているにもかかわらず、思わず泣きそうになったので、窓の外に広がる青空を見つめながら歌った。

とてつもなくデカい流れを作った男が、もうすぐこの世から消えようとしている。

渦の中に居る時はあまりの目まぐるしい回転に付いて行くだけで必死だったが、そこを出るといかにその渦がデカかったかがわかる。時代の中から湧《わ》き出た力強い泉は、渡邊さんの采配《さいはい》によって回転を続け、やがて嫋《たお》やかな大地を流れる大河に育った。大河を作った渡邊さんの事を、薄れゆく残像としてではなく、明確な物語として残さなければならないのではないか？

それが僕の仕事なのではないか？

でもいったい何が出来るのだろう。

三宮へ戻るポートライナーの中で、そんな自問自答を繰り返していた。

二〇一〇年。

年が明けて、僕は渡邊さんにメールを入れた。

「あけましておめでとうございます。その後いかがでしょうか？

今月十一日、お見舞いに行ってもいいですか?

最近つくづく『ヤンタン』という番組とそのムーブメントを後々残して行く使命が自分にあるのではないかと思っています。

三十分くらい僕のインタビューに答える映像を撮影させてもらえませんか? 自前のビデオカメラです。今後『ヤンタン』を語り継ぐためには、渡邊さんの生の証言が必要なのです。

よろしくお願いします。

達夫」


「元気そうやな。奥さんとは仲良うやってんのかいな?

こっちは相変わらず病院に入ったり出たりで、辛《かろ》うじて生きてます。

二月にあるアリスの東京ドームコンサートには、なんとか出掛けたいと思っています。

さて、十一日ですが、その日は病院におります。撮影とは緊張しますが、達夫に任せます。会えるのを楽しみにしています。

ワタナベ」

まだ、東京までアリスを見に行く気力があるんや。

「では、十一日に伺います。

達夫」

前日の十日、僕は大阪でイベントに出演してそのまま宿泊していた。お昼前に、ホテル近くにある写真家の糸川燿史《ようし》さんのスタジオを訪ねた。二十五歳の時に『カモン・センス〜嘉門達夫のヘッヘッヘー〜』というビデオのパッケージを撮影してもらって以来、時間がある時に不意に電話を入れて、糸川さんがいらっしゃると顔を見に行く。そんな関係が続いている。

糸川さんは渡邊さんと同世代で、「ぴあ」の先駆けとなった大阪の情報誌「プレイガイドジャーナル」でフォークや演芸の写真を長きにわたって撮影されていて、僕も何度も撮ってもらっている。

スタジオでは糸川さんも様々な撮影をされるが、普段は主に奥さんが免許証やパスポートの証明写真を撮っておられる。いつものようにフラッとガラスドアを押すと、前に来た時と時空が繋《つな》がるようである。頭脳明晰《めいせき》な糸川さんが、僕の話に対してどういう反応を返してくれるのか、毎回楽しみなのだ。

いつものようにツアーが始まる事、五月には上海万博が開幕する事、新曲の『さくら咲く』という僕にしては珍しい真面目な人生の応援歌をリリースする事や翌々週には新曲にちなんで大阪天満宮で合格祈願ライブをやる事などを報告した。

その時糸川さんが、ふと思い出したように言った。

「嘉門さん、ジェームスでやらはったらよろしいのに」

「え？」

「ええと思わへんか、なあ」

「ふんふん」

と、奥さんが相槌《あいづち》を打って受け止める。

「ジェームスって何ですのん？」

と、僕が尋ねる。

「神戸のね、波止場町無番地の倉庫の三階に、面白いライブハウスがあるんです。ジェームスブルースランドと言いましてね」

と糸川さんが答える。

「へー、知りませんでした」

「幸介さんなんかも時々出てはります。嘉門さんも、あそこでやらはったら面白いのに。なぁ」

再び奥さんに振る。

「ふんふん。ほんま、ソファーが仰山ある面白いところですよ、ジェームスブルースランドは」

「幸介さんって、金森幸介さんですか？」

「そうです、そうです」

「僕、大好きだったんですよ」

高校の時まさに擦り切れるくらい幸介さんのレコードを聴いた。アルバムの中の曲はギターのリフもコーラスも全て心の襞《ひだ》に刻み込まれているし、『もう引き返せない』は破門放浪時代の支えとなった。

二十年くらい前、服部《はっとり》緑地野外音楽堂で幸介さん主催のフリーコンサートに出してもらって以来ご無沙汰《ぶさた》している。

「以前何度かご一緒させてもらいましたけど、しばらくお会いしてませんわ。今も、バンド編成でやってはるんですか？」

「いやいや、ここ十年くらいは一人でやってはります。時々ここにも来はりますよ」

「へー、そうですか。久しぶりに幸介さんのライブ観《み》たいなぁ」

なんで唐突にライブハウスの話になったのかなと思いつつも、

「また伺いますー」

と言い残して、ガラスドアを押して外に出た。

「ジェームスブルースランドか……」


「ちわー！」

いつものご用聞きのように、僕は病室のカーテンの内側に身を滑り込ませた。

「今日はインタビューですから。よろしくお願いします」

「ほいほい。お手柔らかに頼むわ」

放射線の影響で頭髪が抜けたのを覆う、毛糸の帽子を被《かぶ》った老熊は答えた。

おそらく、しんどいに違いない。でも、今日はインタビューにかこつけてサービスしてもらおう。僕らが帰った後はお疲れも出るだろう。ですが、ここはほんの少し時間をください。ヤンタンへの熱い思いを語る「動いている渡邊さん」の姿を撮っておきたいのです。その口調、声や表情に、これからもずっといつでも触れる事が出来るようにしておきたいのです。お願いします。

渡邊さんにマイクを向けて、録画ボタンを押した。


「渡邊さんは、一九六七年から二十年間、ヤンタンに携わっておられたんですね」

「そうやなあ」

「あの不便な千里丘にみんなが通ってたというのが、今となっては不思議な気すらするんです」

「ほんとやね」

「渡邊さんとしては、あの場所が持つ意味みたいな事をどう思われてるんですか?」

「やっぱりねー、街中じゃなしにあんな離れたところまで、みんな熱意を持ってよう押し掛けてくれたわねぇ。それはよっぽど、自分で言うのもなんだけど、番組の内容に魅力があったんやねー。そういう番組が他に無かったからねー。若い人を突き動かすような」

「作詞家が書いた歌謡曲じゃなくて、フォークやロックなどのシンガーソングライターを育てようとされてましたね」

「ほいほい」

「若い才能を発掘して、世に出さはったんですよね」

「既にある事をやるというのが嫌だったから。それが時代とマッチしましたな」

「アリスになる前のロック・キャンディーズ時代の谷村さんは、最初高校生だったんでしょ？」

「高校三年生でしたね」

「その頃《ころ》から光るものはありましたか？」

「ありましたねー、あれは」

「歌唱力がですか？」

「歌唱力もそうだし、やっぱり語りというか喋《しゃべ》りね。当時まだ粗雑な若い人が多い中で、非常に上品なというかね」

「後にヤンタンのパーソナリティーになって、DJとして活躍される資質があったと」

「大いにありましたな」

「品が良かったんですな」

「んー、品が良かったというのも魅力のひとつでしょうな」

「三枝さんも品がありましたか」

「ほいほい、彼も下品な事は一切言わなかったね」

「三枝さんも、最初はオーディションで何人か来た中の一人だったんですか?」

「そうそうそう」

「その中で光ってたんが、三枝さんでしたか?」

「ほい、彼はやる事が新しかったね。カントリーウェスタンを落語に取り入れて、当時そんな事は破天荒な事やからね。それをやって、若い人の気持ちにちゃんと同化させて、なかなか素晴らしい才能でしたねー」

「鶴瓶さんは?」

「鶴瓶ちゃんはしょっちゅう裸になっとったなぁ。アナウンサーがニュース読んででも裸やねん」

「当時裸になってた鶴瓶さんも、今や吉永小百合さんと映画に出られて」

「ほんまやねー」

「さんまさんはどうでしたか?」

「さんまちゃんはねー、あの人はまた日常と舞台の上が全く違うねー。本当にもう、ヤンタンのフロアに立ったらガッと目つきが変わってね。闘争心剝《む》き出しでトークを炸裂《さくれつ》させる。あのパワーは凄いなーと思ったなー」

「今はむしろ普段も変わらず、ずっとあのテンションというイメージですが」

「どうなんやろなー? あれが素のままとは思えないけどなー。あのテンションはねー。寝るまであんなんやもん」

「ほんまですねー。そんな破天荒なヤンタン出身の皆さんが、落語協会の会長や国民的な歌手になられたり、全国的に人気者になってゆく姿をどんな思いで見てこられましたか?」

「それは本当に時代の移り変わりというかねー、彼らは本当に大したもんやわ。みんなが生きる人生の三倍も四倍も生きてる感じがするねー。仕事に、目の前のものに対して熱心で、決していい加減やないねー」

「そういう若手だった人たちが最初にアピールする場が『ヤングタウン』であった

と」

「まあ、結果的にね。それは嬉しい事やなー、やっぱりね」

「スタジオに三人とか四人入って、ゴチャッゴチャッと喋るあのスタイルは東京にはなかったんですが、『ヤングタウン』が最初ですか？」

「そうでしょうな。基本的に落語家さんと毎日放送のアナウンサーと、それと歌手やね。トリオが基本やったね。それがうまいこと噛《か》み合ってねー」

「一番の聴取率は谷村さんのところで、二位が鶴光師匠と角さんのところで、あの時が一番のピークでしたか？」

「数字という面ではそうでしたね」

「イベントもようやりましたねー」

「ほいほい」

「野球大会とか」

「野球大会は各球場でやりましたからねー。松山千春、チェッカーズやとんねるず相手に甲子園球場、大阪球場や西宮球場、それぞれが満杯になったから」

「番組内の問題発言とかで、始末書なんかも書かれたんですよね」

「始末書は随分書いたで」

「印象深いのは？」

「やっぱり鶴瓶ちゃんかなー」

「何しましたん？」

「いやいや、例のごとく素っ裸になって、ゲストに来た女の子がキャーてなことになって、レコード会社から『あれはなんやねん？』というクレームが来たんやな」

「それ、中森明菜さんやと聞いてます」

「そーやったかいなー」

「鶴光師匠はどうでした？」

「鶴光ちゃんが放送で、『コンニャクは足で踏んで作り上げるものだから不衛生や』って言いよってん。そしたらコンニャク協同組合と言うところから、そんな事は断じて無いと。工場を見に来なさいって言われて、僕と角ちゃんと二人でコンニャク協同組合の役員さんがズラーと居るところに呼び出されて、こんな風に作ってるって見せてもらってね。まあ、帰りはコンニャクをたくさんお土産にもらって帰って来ましたけども」

「あとは、谷村さんの日のコーナーで、女性の……」

「ほいほいほい、それは直接は見てないんですけど、陰毛がいかに長いか送って来てと言うたら、なんか三十センチくらいのがあったとか。それをデスクで選別してたら風でヒュッと飛んでしまってね。どこ行ってしもたかわからんから、往生しましたわ」

「そして、ヤンタンのバイトから業界に入って来る人が本当に多いですね」

「多いね」

「現在ダウンタウンの作家をやってる倉本さんとか、毎日放送の局長になってる浜田さんとか。制作会社に入ったり、構成作家になったり。なんでこんなにたくさんの人が業界で成功してるんでしょう?」

「それはねー、アルバイトの採用の仕方がね、大学生が入って来て、卒業する時には新たに後輩を連れて来て。伝統というか、先輩達から教えられた事がそれぞれ身に付いてね、俺達もこうせんといかん、更に先輩らと違う事をせんといかんということで、アルバイトという枠を越えて実際には構成者としてね、もう自分自身の事として番組に関《かか》わる。他人事《ひとごと》じゃなしにそういう思いで取り組んでくれた経験が生きてるんじゃないかなぁ」

「バイト含めて、全員参加型の番組ですもんね」

「ほいほい」

「ディレクターもタレントもね」

「うん」

「ヤンタンには本当にいろんな人が出入りしましたが、つんくさんが何かのインタビュー で言ってたように、渡邊さんの家に行かなければ売れないみたいなジンクスも生まれましたね」

「ほんと、上沼恵美子は高校生の時から来ていたし、中島みゆきも来てたなぁ」

「街中にはいろんな店があっても、千里にはねー」

「もう本当になんにも無かったからねー。だから終わってから、家へみんな来たんやね」

「行く店がないから渡邊宅へ」

「ほい」

「お家《うち》が箕面でしたからね」

「車で十五分くらいで行けるからね」

「奥さんがおにぎり作ってくれはってね」

「そうそう。いろんな思い出がありますな」

「最初の頃の谷村さんや三枝さんは、本当に飯も食えないからお家に行ってたんですか？」

「ほいほい、やっぱりそういう時代もありましたなー。お腹減《なか》らしてね、そんな長い時期じゃなかったけどね。それでも谷村君なんかは、食えるまで六〜七年かかったかなー」

「高校生の頃から？」

「そうそうそう。アリスになっても最初はね、全然売れるバンドじゃなかったから。最初は大阪だけでしたからねー。で、ポンと背中を押して『お前らもう東京行って来い！』ということで。ま、そっから芽が出ましたけどね」

「去年はアリスの再結成があって神戸国際会館のコンサートに行かれたと聞きましたが、どんな気持ちで観られてたんですか？」

「いやー本当に胸が詰まったね。彼らも舞台の上でエラい泣いてしもうて。神戸は特に彼らの思い入れが深いからね。自分達を育ててくれた土地だという思いがあるから。まー、来月の東京ドームにも行ってみたいと思ってますけどね。二月二十八日やったかな」

「せっかくなんで、僕の事も聞かせてください。破門になった時には随分ご迷惑おかけしました」

「ほいほい、あの時は鶴光ちゃん、頑として破門を撤回しなかったなぁ」

「で、渡邊さんに『旅に出え』と言われて、スキー場から帰って来た時には、茨木までライブを観に来てくれはりましたねぇ」

「まぁ、若手として勢いがあったからねえ。『笑光』は」

「その後『嘉門達夫』になって、まだ別の曜日に鶴光師匠がレギュラーで出ているのに、元の原田伸郎さんの横に戻してもらいました」

「ほいほい、『笑光』と『嘉門達夫』は全く別の存在やと、松竹芸能を説得してね」

「お陰さまで、今日までやって来られたんですが。まぁ、こんなん初めて聞くんですが、僕の事どない思ってはるんですか？」

「そやなー、まーようやってると思うで、本当に。いやいや、こう次から次に新しいもんが出て来るでしょ。他の人が真似《まね》出来ないからね。ま、初代替え唄の元祖と言うのかな、そういう地位は崩れそうにないな」

「あ、ありがとうございます」

　熱いものがこみ上げて来た。

　褒めてくれて、素直に嬉しいと思った。怒られたり褒められたりを繰り返して来たが、僕がやってきた事は間違ってなかったんや。出来の悪い末っ子をやっと認めてくれたのか。

涙が出そうになったが、ぐっと堪《こら》えて最後の質問をした。

「では最後に、渡邊さんご自身は『ヤングタウン』に対してどんな思いを持たれていますか？」

「そやね、これはもう二度と出来ない番組というかねー、ちょうど良い時代の流れの中に置いてもらったなーという感じはしますねー。本当にありがたいと思っています」

「はい！　オーケーです！　ありがとうございました」

「こんなんで良かったかいな？」

「充分です。いっぱい喋っていただいて、お疲れの出ませんように」

「ほいほい、ほんま、久々に長い事喋ったわ」

「渡邊さんの功績をいずれちゃんと形にしますから」

「しっかり頼むで。悪口はやめてや」

「わかりましたー」

リンパが疼《うず》くのか、ずっと右手を右顎《あご》に当てておられる。それでもこの楽しい時間が終わってほしくないのか、カメラを止めた後も更に渡邊さんは語り続ける。

「達夫は、いつ頃からヤンタン聴いてたんや？」

「七一年ぐらいからですかねぇ。大阪万博が終わった翌年の中一の頃からです。杉田二郎さんやキャッシーさんの曜日が好きでした。はがきも結構読まれて、バッグやキーホルダーももらいました。もう土曜日以外は公開じゃなくなっていたので、『今月の歌』の事はあんまり知らないんです。でも、アリスのレコードは持ってました」

「アリス、聴いてたんやなぁ」

「もう影響バリバリですわ。『鼻から牛乳』のコードは『帰らざる日々』ですし、『ハンバーガーショップ』は『チャンピオン』をインスパイアーしてるんです」

「パクってるだけちゃうんかいな？」

「ちゃいます、ちゃいます。インスパイアーです！」

「うまい事言うなぁ」

「あの時代、みんなギターを持って自分の言葉で歌い出しましたからねぇ。高校の頃は、『金森幸介』さんが好きでよく聴いてました」

一瞬の間が空き、渡邊さんの口からその日一番力強い一言が発せられた。

「俺も好きやねん」

渡邊さんがベッドの背もたれから前に乗り出し、表情に精気が満ちた。

「え？」

「俺も幸介、好きやねん」

ずっとメジャーな世界で仕事をしてきた渡邊さんが、幸介さんを知っていたとは。

「へぇ――。渡邊さんの口から幸介さんの名前が出るとは思ってもみませんでした」

「去年、行ったんや」

「どこへ？」

「幸介観に」

「どちらまで？」

「神戸の何やら言う、中突堤近くのライブハウス」

「どうでした？」

「これが物凄く良かったんや」

「ほう」

「彼は最初、『今月の歌』のオーディションに来てねぇ。僕は、谷村よりも売れると思ってたんや。去年久しぶりにアリスのステージを観たら、幸介の事を思い出してね。ネットで調べて四十年ぶりに訪ねて行ったんや」

「自分で調べて行かはったんですか」

「うん。たまたま神戸でライブがあったんでね。なんとも情感溢《あふ》れるええシンガーになっとったわ。それでその時の事を幸介がブログで書いてくれてんねん。達夫も見といて」

「そうでしたか。わかりました」

　僕はこの時まで、金森幸介さんが『ヤンタン今月の歌』の出身である事を知らなかった。高校の時によく聴いていたアルバムは、『今月の歌』の五年後の幸介さんがソロデビューしてからのものだった。

そんな会話をしていると、次の見舞客がやって来た。かつてのヤンタンディレクター達である。この節に、会える時に会っておこうという人達がひっきりなしだ。

「お先ぃーです」

と病室を後にして、神戸ハーバーランドにあるラジオ関西へ向かう。新曲『さくら咲く』のキャンペーンで、十九時からの生放送に出演するのだ。海からの冷たい風を避けて神戸駅から地下に潜る。ギターのソフトケースは肩から掛けられるので、左手はポケットの中で暖を取っている。右手でキャリーバッグを曳《ひ》く。

あれ？ ひょっとして渡邊さんが幸介さんを観たのは、今日糸川さんが言っていたジェームスブルースランドとちゃうか？

僕と幸介さんと二人でジェームスブルースランドでライブをやったら、渡邊さん観に来てくれるかなぁ？

糸川さんに聞いてみよう。

ラジオの本番前にロビーから電話を入れる。

「もしもし、昼間はお邪魔しましたー。実はヤンタンのプロデューサーの渡邊さんが闘病されてまして、さっきお見舞いに行って来たんですが、去年自分で調べて幸介さんのライブに行ったとおっしゃるんです」

「それ、ジェームス違いますか？」

「やっぱり。それで思ったんですが、ジェームスで幸介さんと僕がライブをやったらええんやないかと……」

「そら、よろしい。早速幸介さんに聞いてみますわ」

「お願いします」

ラジオ関西のナイターオフ番組『神戸からの歌声』の出演を終え、たまたま制作部に残っていた旧知のプロデューサー森下さんに聞いてみる。かつて杉田二郎とジローズを組み『戦争を知らない子供たち』を歌った森下悦伸《よしのぶ》さんだ。ジローズ解散後、大学を卒業しラジオ関西に入社。現在は取締役である。

「ジェームスブルースランドって知ってます？」

「ああ、中突堤の前の」

「ここから近いですか？」

「タクシーでワンメーターです。どうされましたか?」

「今日突然僕の前に『ジェームスブルースランド』というキーワードが現れまして、一度どんなところか見に行かなければと思ってるんです」

「じゃあ、丁度帰るところなんで、僕の車でお送りしましょう」

僕とスタッフを後部座席に、ギターをゴルフバッグに添い寝させる形でトランクに載せて、白いレクサスが埠頭《ふとう》を走る。

「実は、ヤンタンの渡邊さんが闘病されてまして。今日お見舞いに行ったら、金森幸介さんの話になりましてね」

「おー、幸介さん、懐かしいなぁ。一緒に『ヤンタン今月の歌』のオーディションを受けたんですよ」

「ホンマですかー。森下さんと幸介さんも面識があったとは驚きました」

偶然が重なるとはこういう事か。明らかに何かに導かれていると感じた。

いくつかの点があれよあれよと繋がって糸になり、機織《はたお》り機にかけられてうっすら絵柄が見えかけてきた時、車は波止場町無番地に着いた。

「ここの三階です。渡邊さんによろしくお伝えください」

「わかりました。ありがとうございます」

レクサスは国道に流れて消えた。

スタッフと二人でギィーギィーと階段を軋《きし》ませて三階に辿《たど》り着いた時、ケータイが震えた。糸川さんだ。

「あー、もしもし嘉門さん、幸介さんが是非一緒にやりたい言うてます。スケジュールを、何日か出してもらえますか？」

「そうですか。実は今日ラジオ関西だったんで、今帰りにジェームスに来たところなんです」

「丁度良かった。マスターにも、さっき電話しておきました」

ケータイで喋りながら店内に入って来た僕に向かって、キャップを被った小柄な男が「ようこそ」と微笑《ほほえ》んだ。

ビールを注文して古びたソファーに座る。客は他にカップルが一組のみだ。iPadで幸介さんのブログを検索する。半年ほど遡《さかのぼ》ると少し長い文章に辿り着いた。

「邂逅《かいこう》・名伯楽
いわゆる〝業界〟には『あのスターは俺が育てた』などとうそぶく古株が少なくな

い。その実は、新人時代に一度現場で一緒になっただけだったりするのである。ほとんど願望が妄想の域に捻《ね》じ曲がった〝自称育ての親〟もいるくらいである。

しかし、その人物の尽力なくしては存在し得なかったスター誕生物語も現実にある。そういう『逸材を発掘して育てる能力に長《た》けた人物』を、世に〝名伯楽〟という。イチローにとっての故仰木《おおぎ》監督や、井岡弘樹などの六人の拳闘《けんとう》世界チャンピオンを育てた故エディ・タウンゼントトレーナーなどがその範疇《はんちゅう》に入るだろう。音楽業界では、ビートルズにとってのブライアン・エプスタインなどが筆頭だろうか。

神戸は中突堤近くの古いビルの三階に、ジェームスズルースランドはある。

僕がライブを行ったのは二〇〇九年六月十二日金曜日の話である。開演予定の午後八時が近づき、さて出陣と楽屋を出る。

ステージに向かう途中、マスターが囁《ささや》いた。『なんか、おじいさんが来てはりますよ』

マスターの視線を追って客席に目を向けると、確かに熟年の男性がソファーに腰掛けている。

終演後、客席から少し隔離された一角の席で寛《くつろ》いでいた僕の元へ件《くだん》のおじいちゃんが近づいてきた。表情を確認できるほど接近したとき、息を呑《の》んだ。旧知の人物であった。いや、知ってるどころのレベルではない。僕の人生の中で決して忘れてはいけない重要人物であったのである。最後に会ってから三十数年は経っているだろうから、相応に年老いてはいらっしゃる。しかし、今僕ははっきりと確認し、立ち上がりその名を口にした。

『わ、ワタナベさん……』

熱いものがこみあげ無我夢中で男性と抱き合っていた。それを受けて男性が微笑みながら言った。『君は昔からいい声してたねえ』

頭を掻《か》きしきりに恐縮する……。

渡邊一雄氏であった。

渡邊氏は毎日放送ラジオのプロデューサーで『ヤングタウン』の生みの親である。はっきりきっぱり〝ラジオの時代〟の強力な牽引《けんいん》車だったと断言できる。

ディレクターでもあった渡邊氏は、金森幸介の才能を発掘してくれた大恩人なのである。

しかしその大恩人に対して、僕は三十余年にわたりなんの連絡もせず自身のCDを送ることもせず、不義理の限りを尽くしたのである。

僕は長年義理を欠いていたことをモーレツに後悔した。話を聞くと渡邊氏は現在は神戸在住でおられるらしく、僕が神戸市内でライブを行うスケジュールをわざわざ調べて足を運んでくださったとのこと。

僕はこの素晴らしき邂逅に感謝したが、同時に自分の不義理を大いに恥じることとなった。

本当の意味で『人を育てる』ことの出来る人は、決してそれを自慢したり恩に着せたりしない。それを実感した夜であった」

繋がった。

幸介さんのブログに全て書かれてあるじゃないか。それをまさに「その現場」である「ジェームスブルースランド」で読む事になるとは、まるで宝島行きの地図を手にしたようだ。渡邊さん、幸介さんと僕の三人にとって最初で最後の航海に、何が何でも漕ぎ出すべきだ。

早速渡邊さんにメールを入れた。

「昼間はお邪魔いたしました一。お元気そうで安心しました。

実はあの後、中突堤近くのライブハウス『ジェームスブルースランド』で『金森幸介VS嘉門達夫ジョイントライブ』企画が持ち上がりました。去年六月に渡邊さんが幸介さんを観に行かれたライブハウスです。実は今、そこに来ています。雰囲気のある良いところですね。幸介さんのブログも拝見しました。まるで映画のワンシーンのようでした。

ジョイントライブは五月下旬で調整しています。詳細が決定したら、ご案内させていただきます。

必ずライブを実現させますので、お楽しみに！

達夫」

すぐに返信が届いた。

「金森幸介と嘉門達夫のパフォーマンス、是非観たい。こんなん言うたら怒られるかもしれんけど、アリスより観たい。無茶苦茶楽しみにしてる。

よく企画してくれた。楽しみがまたひとつ増えたわ。

ワタナベ」

二日後。アリスに悪いなぁと思いつつ、日程が決まった事をメールした。

「幸介さんとのライブ五月二十八日に決定しましたー！
タイトルは『金森幸介VS嘉門達夫　あるからコワイ！　ビューティフル対決‼』です。スケジュール空けておいてくださいね。
達夫」

即座に返信。

「そうか五月二十八日で決定か。そりゃ這《は》ってでも行かにゃなるまい。楽しみやなぁ。難点はあそこが三階にある事とエレベーターが無い事。今から体力作りに精を出さねばなるまい。よく金森幸介がオーケーしてくれたよなあ。世紀の悪声と美声の対決である。胸が高鳴るよ。
彼は自ら歌をヒットさせるという意識を捨て去って、四十年も世間におもねるという事を一切排除してひたすら信じる道を生きてきたからな。ヤンタンで歌っている頃は、もしかして一番の人気シンガーになるかもと期待していた。彼の歌声には恋情にも似た思い入れを持っている。歌手として真剣勝負を挑んでくれ。

そして、ひとつ伝言をお願いしたい。是非四十年ぶりに『みずいろのポエム』を聴きたいと幸介に伝えてほしい。運命的な出会いだ。達夫のメロディーも、幸介に是非歌ってもらいたい。胸を熱くして待っております。それまでにリハビリ、リハビリ。

ワタナベ」

二月、僕と幸介さんはイトカワスタジオに居た。打ち合わせ兼フライヤーの写真撮影のためだ。

先月糸川さんが「ジェームスでやらはったらよろしいのに」と言ってから、あっという間に話が展開した。幸介さんと会うのは二十年ぶりだ。もうすぐ還暦という幸介さんからは昔とさほど変わった印象は受けない。むしろ、若い頃のままのイメージで僕の前に座っている。自分のペースで歌い続けて来た事が若さを保つ秘訣《ひけつ》なのだろうかと思った。

共に渡邊さんに見出《みいだ》されたという事実は最近知ったが、最終コーナーを回った恩人を前に二人でライブが出来るとはありがたい。

「幸介さん、渡邊さんが『みずいろのポエム』を是非聴きたい！　とおっしゃってますが……」

「出た！　ポ、ポ、ポエムかぁ。断れんわなぁ。嘉門君が掛け合いのところをやってくれるんやったら歌うで」

「僕で良かったら、もちろんやらせてもらいます」

「あと何曲か一緒にやろ」

「はい」

「構成はどうする？」

「じゃんけんで勝った方が先攻か後攻を選んで、交代で歌いましょう。一方が歌ってる時は、相手はステージ後ろで聴く形です」

「それでいこか」

　あっという間に打ち合わせ終了。互いにギターを取り出してカメラに向かう。糸川さんがシャッターを切り続けた。

終わると、「あとは当日！」とアッサリ解散した。

翌日の幸介さんのブログだ。

「世間が大阪万国博覧会開催に浮かれる一九七〇年、僕はレコード歌手としての第一歩を踏み出した。

ＭＢＳラジオ『ヤングタウン今月の歌』として、『ちいさなオルフェ』というユニットでクラウンレコードより『みずいろのポエム』という曲で華々しくデビューを果たしたのである。

十九歳の僕には将来への展望などほとんど何も見えていなかった。自分には文才、特に作詞の才能はないと思っていた。歌唱にもあまり興味がなかった。ただ、作曲という作業は楽しく思えたし、自分に向いている気もした。

『ちいさなオルフェ』は約一年で解散。その後、一度とて『みずいろのポエム』を演奏していない。

『みずいろのポエム』封印の理由はいたってシンプルである。それは基本構造がデュエット曲だということである。『ちいさなオルフェ』解散後、バンドもしくはソロで活動してきたのでデュエット曲を披露する機会は失われていたのである。とはいっても正直な話、封印の理由はそれだけではない。純粋に『恥ずかしい』のである。『みずいろの』が恥ずかしい。『ポエム』が恥ずかしい。実は男女デュエット曲なのに、むくつけき男二人が歌うのが恥ずかしい。

そうなのである。本来はトワ・エ・モワとかヒデとロザンナとかダ・カーポとかが目と目を交わして歌い合うべき甘いナンバーなのである。

秘仏の禁を解く労を担った平成のフェノロサと岡倉天心は……。

フェノロサは誰あろう、驚くなかれ！　なんと金森幸介の育ての親であり、名曲『みずいろのポエム』の生みの親、元MBSヤングタウン・プロデューサー、名伯楽・渡邊一雄氏その人である。そして渡邊氏の命に従い秘仏のベールを解く役割を担う岡倉天心は……これまた驚くなかれ、嘉門達夫氏である。そう、あの嘉門達夫氏です。実は以前より嘉門氏と僕は分厚い親交で結ばれた間柄なのである。単なるコミック・シンガーと思われがちだが、その実、氏はかなり骨太のシンガーだと私は思っている。なんせエロトーク界の帝王・鶴光さんに破門されちゃった男である。

なんて言いながら、結構本人も楽しんでいるのだが。嘉門氏の名曲も二人のデュエットで聴いてもらう予定だ」

幸介さんの渡邊さんへの想《おも》いも熱い。そして渡邊さんが幸介さんの事をここまで思っているのを知ったのはつい先日の事だ。

二人は、渡邊さんにとって出来の悪い劣等生なのだ。それ故に気になるに違いない。劣等生にしか出来ないライブで、渡邊さんの花道を飾ろう。

その後の渡邊さんは、二月下旬に医者の反対を押し切り「死んでもいいから」とアリスの東京ドームコンサートに出掛けた。体力的には厳しく、薬のせいで意識がぼやける事もあったそうだが、家族とスタッフの手厚いフォローによって無事に帰還した。

三月には、アミューズの大里会長から「お見舞いに行くから、一緒に来て！」と僕に連絡が入り、共に渡邊宅へ伺った。大里さんの変わらないデカい声が部屋に響いたが、渡邊さんは昔話に花が咲き終始ご機嫌だった。

五月に入ると体力が著しく低下。意識が混濁する事もあり、会話もおぼつかなくなったと聞いた。

そして迎えた五月二十八日。快晴。

僕らは十五時にジェームスブルースランドに入り、サウンドチェックからリハーサルへと準備を進めた。

今回は『みずいろのポエム』含めて五曲を幸介さんと一緒にやらせてもらう。二十代の頃に何度かご一緒させてもらった事があったので、違和感なくデュエット出来る。でも、いつもとは随分勝手が違った。時々船の汽笛の音が建物の外壁を撫《な》でる。今日は、四十年の時を超えての特別な日なのだ。

十七時までにリハーサルは終わって、十八時開場、十九時半の開演を待つ。

窓から入る日射しを受けて、昼間のソファー達は色褪《いろあ》せて見える。港が暮れてくると、店内のタンカー用船内ランプが灯《とも》った。オレンジがかったランプの光を受けて、ソファー達は次々と目を覚ます。窓辺のネオンは、夜の闇《やみ》の純度が上がるほどに際立つ。静かに流れるBGMのジャズのクラリネットが、今宵《こよい》のステージに向けての空気を整えている。

開場と共に、チラリホラリと疎《まば》らにソファーが埋まり始めた。センターの席は、渡邊さんの特別席としてキープしてある。

十八時半、階段を降りて建物の入り口で渡邊さんを待つ。昼間は初夏のような暑さだったが、日が暮れると海風が強くなって少し寒いくらいだ。続々とやって来る観客達は、順次階段に吸い込まれて行く。病院ロビーで歌った時よりも多くの人達が三階まで登って行った。ほとんどが渡邊さんと三十年以上の付き合いで、ヤンタンディレクターの堀江さん、増谷さん、構成作家の要さんやびわりんの姿も見える。

十八時四十五分、渡邊さんの奥さんから電話が入った。

「あと三分で着きます！」

国道からゆっくりとアルファードが現れ、倉庫に横付けされた。

ドアが開き、幾分むくんだ顔の月の輪熊が無言で「よっ！」と右手を顔の前に出し手刀を切る。後部ハッチから車椅子が取り出され、男性二人に抱えられて車外に出た。その後はヤンタンファミリーの男達五人掛かりで、車椅子をギィーギィーと三階まで運ぶ。リハビリは叶《かな》わなかったようだ。

開演前のざわつく会場のセンターに、ゆっくりと車椅子は着地した。僕は傍らに行き「ようこそ。ごゆっくりお楽しみください」と言った。渡邊さんは微笑んで、再び手刀で返した。声はもう出ないようだ。

百人余りの観客で会場が暖まる。思えば、千里丘放送センターの第一スタジオのキャパシティーと同じぐらいだ。

ただ、客席にいるのは遥《はる》か昔のヤング達である。糸川さんは会場の様子をビデオカメラに収めている。

十九時半丁度に、僕と幸介さんがステージに上がった。静まり返った客席に向かって、僕が切り出す。

「えーーーー、ジェームスブルースランド、『金森幸介VS嘉門達夫　あるからコワイ！　ビューティフル対決‼』にようこそ。いろんな人のいろんな物語が繫がりまして、今日これをやる事になりました。幸介さんは、ここでちょいちょいライブやってはるんですよね？」

「やってます」

「今年の初めに大阪にあります写真家の糸川さんのスタジオに行ったら、ジェームスブルースランドでやらはったらよろしいのにって言われて、それ何ですか？　って聞いて。僕はここの事知らんかったんです。で、偶然その日の晩に神戸のラジオ関西に来たので帰りに寄ったら、ええとこやなーと思ったんです。

それとは別に、大阪のラジオ、『ヤングタウンを作った』プロデューサーの渡邊一雄さんがですね、今、闘病中なんですけども、僕がお見舞いに行った時に『僕、高校の時、ずーっと金森幸介さんが好きだったんですよ』って言ったら『俺も好きやねん』って言わはったんです。へー、渡邊さんと幸介さんのこと話した事なかったですよねー、って言うたら『こないだ観に行ったんや』って言わはったんです」

「ここでね」

「そう、丁度一年ぐらい前に渡邊さんは、ここに幸介さんを観に来はったんです。じゃあ、ここで二人でジョイントライブやったらええんちゃうかって事になって、渡邊さんに伝えたら『アリスより観たい』とおっしゃいまして、本日を迎える事になりました。幸介さんも僕も、渡邊さんに見出されて今日まで歌って来られました。その渡邊さんもいらっしゃってます」

渡邊さんがゆっくりと左手を上げると、みんなが立ち上がって熱い拍手を送った。

渡邊さんも心底嬉しそうだ。

ジャンケンで幸介さんが勝って、先に歌うと言う。

「えー、四十年前、十八歳の時にヤンタンの『今月の歌』のオーディションを受けて、渡邊さんに世の中に出してもらいました。そっからずっと不義理を続けてたんですが、去年この店に訪ねて来てもらいまして、その後嘉門君とも再会して、今日を迎えました。まずはこの曲から聴いてください。『もう引き返せない』」

『もう引き返せない』

いくつも季節が　過ぎていった　はがゆさばかりを　後に残して
誰も傷つきは　しなかったけれど　誰もが痛みを　甘えを知った
夢は色あせてく　僕は年老いていく　でもまだへこたれちゃいない
夕陽《ゆうひ》を追いかけていく　奴《やつ》の歌が聞こえる　もう引き返せない
あの日僕らは　手作りの船で　夜明け前に　海へこぎ出した
波は高く　霧は深く　水平線は　遠く隠された

夢は色あせてく　僕は年老いていく　でもまだへこたれちゃいない
夕陽を追いかけていく　奴の歌が聞こえる　もう引き返せない
嫌な時代と　誰か切り出す　不幸な世代と　誰かが続ける
君は押し黙り　僕は口ごもり　吹き抜けていく風を見ている
夢は色あせてく　僕は年老いていく　でもまだへこたれちゃいない
夕陽を追いかけていく　奴の歌が聞こえる　もう引き返せない
夕陽を追いかけていく　奴の歌が聞こえる　もう引き返さない

一言一言噛みしめるように、幸介さんが歌う。渡邊さんは目をつぶって聴いている。観客の中には、一曲目からハンカチを瞼《まぶた》にあてている人もいる。この歌は、今の時代に、そしてこの場に相応しい。

そんな余韻を掻き消すように、次は僕の番だ。

「えーー、こんなにタイプが違う二人がヤンタン出身というのも、そこがいかにもヤンタン的ですが、そんなヤンタンの事を歌った歌を聴いてください。僕の『明るい未来』という歌の替え歌で『ヤンタンの時代』です」

『ヤンタンの時代』

僕らにとってのヤングタウンは　千里のスタジオだった
千里丘駅のミヨシセンター前から　バスで坂を登るとＭＢＳに着いた
梅田からの移動は阪急三番街の　前からバスに乗った
三階の制作の一番奥で　渡邊さんはいつもタバコを吸っていた
はがきを読んで一段落したら　食堂の定食を食った
喫茶オリオンのハンバーグ、目玉焼き、トースト　若い僕たちにはごちそうだった

明るいラジオを目指してた　オモロイ放送したかった　希望が溢れてた
すべてがキラキラ光ってた　みんなのテンション高かった
ヤングタウンの時代

渡邊さんはとにかく恐かった　それでも丸くなったとみんな言っていた
鳥取の別荘にみんなで出掛けた時　宴会でなんかやれ！　と言われた
バイトの水野と裸になって　風呂場で絡み合った
ギャラリーは盛り上がり全身泡だらけで　僕らは英雄気取りだった

年に一度はヤンタンブック　毎回いろんな企画が紙面を飾った
僕らに対する取材の謝礼として　渡邊さんがセコい時計をくれた

明るいラジオを目指してた　オモロイ放送したかった　希望が溢れてた
ここでみんな鍛えられた　ここでみんな育てられた　ヤングタウンの時代

千里のスタジオは　活気溢れていた
ディレクター、ミキサー、バイトにプロモーター
副調整室のスタッフをどうやって　笑かせるかにすべてを賭《か》けていた

丘を登れば解放区　笑いと歌が溢れてる　今でも蘇《よみがえ》る
千里に沈む夕焼けを　浴びて立ち続ける太陽の塔　あの日を探してる

明るいラジオを目指してた　オモロイ放送したかった
希望が溢れてた
すべてがキラキラ光ってた　みんなのテンション高かった
ヤングタウンの時代

交互に歌ってお互いの色を出しながらステージは進行していく。幸介さんがしっとりと聴かせれば、僕は笑いを取る。全く違う世界観の二人だが、不思議とデコボコした雰囲気にはならず、自然に後半へと流れる。会場のあちこちに陣取るヤンタンＯＢ達も、場の雰囲気を愛《いと》おしむような眼差しで聴いてくれている。

渡邊さんと同じ空気を吸える、残り少ない時間を噛みしめているのだ。

「えー、今日のライブをやるにあたりまして、渡邊さんからの強いご要望で、一九七〇年二月の『ヤンタン今月の歌　みずいろのポエム』を歌ってほしいと言われました。幸介さん、何年ぶりに歌うんですか？」

「四十年ぶりです。ちょっと緊張すんね」

「十九歳の金森幸介さんが、『ちいさなオルフェ』という二人組のユニットで、この曲でデビューしました。今日は、僕がデュエットの相手をさせてもらいます。ほんじゃあ、幸介さん、いきますか？」

「いきましょか、ワン、ツー、スリー、フォー」

『みずいろのポエム』

みずいろの風に乗って僕は来た
美しいおまえに詩を用意して

今日まであなたを待っていた私
一輪の白百合を髪に飾ります

なぜ　涙が出るの　ほら　こんなにほほを
でも　悲しくないの　今　あなたがいるわ

おたがいの名も　知らないままに　愛しあった僕たち
何も聞こえない　だれも気付かない
見つめあう二人の　世界がそこに
なぜ　涙が出るの　ほら　こんなにほほを
でも　悲しくないの　今　あなたがいるわ
瞳の奥に　言葉があるの　胸をうつ愛の詩

何も聞こえない　だれも気付かない
見つめあう二人の　世界がそこに
見つめあう二人の　世界がそこに

渡邊さん、幸介さんそして僕のトライアングルを美しい旋律が巡る。四十年の間に置き忘れてきた色褪せた記憶が、徐々に色を取り戻しながら浮かび上がる。千里丘の地で革新的な番組を仕掛けた男。それに乗って世に出た男。更にその男の歌を聴いて育った男。

丘を登る時に抱く思いやその強さは、それぞれに違う。

けれど、今だからこそ思う。

あの日あの丘を登るという事自体に、大きな意味があったのではないか。

千里丘の駅で降りて更にバスに揺られて坂を登る間に、僕らの情熱は増幅されたのではないか。

標高僅《わず》か四十八メートルの、丘の上の放送局。

僕らはその丘を目指し、丘の上で綺羅星《きらぼし》になろうと思った。輝けると信じていたし、そこは輝けるチャンスを手に入れられる場所だった。それぞれの四十年が去来する。

そして僕らは、もう引き返せないし、引き返さない。

終始笑顔で歌を聴いてくれた渡邊さん。二時間にわたるライブの最後まで頑張ってお付き合いいただいた。

終演後はみんなで記念撮影をして、嬉しそうな渡邊さんを囲んだ。なんだか去りがたくて、観客の大半は渡邊さんと握手をしたりそれぞれにお礼を口にしたりして残り僅かな時間を共有した。幸介さんは、渡邊さんに向かって何度も何度も頭を下げていた。そろそろ一時間が経とうとする頃、船内ランプのオレンジ色の光がみんなを照らした。ブゥオーーーンと太く輪郭がぼやけた汽笛の音がタイムリミットを告げるかのように響いた。

　これ以上引き止めるわけにもいかない。

　ヤンタンファミリーに抱えられた車椅子がゆっくりと階段を降りてゆく。

　車椅子に身を委《ゆだ》ねるばかりの、老いた月の輪熊が運ばれてゆく。

　アルファードの座席に移されると、渡邊さんは微《かす》かに笑みを浮かべながら別れの手刀を切った。

「ありがとうございました！」の声が幾重にも重なり続ける中、スライドドアが引かれガチャリとロックされると、車は悠然と二号線に溶けて行った。

　五月の海風が今宵の幕を引いた。

　僕は、今日のライブを無事に終えた安堵《あんど》と同時に、大切な人が遠くない将来この世からいなくなってしまう寂しさに襲われ、国道を西へ行く車の流れを茫然《ぼうぜん》と眺めていた。

　そしてこの日が、渡邊さんの最後の外出となった。

エピローグ

二〇一〇年十月十一日、渡邊さんは七十五年の生涯を閉じた。

四十九日が明けて間もなく、大阪のシアターＢＲＡＶＡ《ブラバ》！で有志主催の盛大なお別れ会が開かれた。

その半年後、渡邊さんの奥様から封書が届いた。

その手紙には、病院で撮影したＤＶＤをお線香をあげに来た皆さんに見てもらっていると書かれていた。

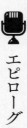

そして、次のような言葉で締めくくられていた。

「さて、先日主人の机を整理しておりましたら、引き出しからこのようなものが出てまいりましたので同封させていただきます」


同封された封筒を引き出した。

長い年月が経《た》って色褪《いろあ》せたそれには、明らかに僕自身の筆跡で宛先《あてさき》に「渡邊一雄様」と書かれていた。

中身を取り出すと、一枚の写真が出てきた。

「なべさん食堂」という名の店の看板を写したものだった。便箋《びんせん》には力強く丁寧な文字で、「この度はご迷惑をおかけして申し訳ございませんでした。今、僕は自分を見つめ直す旅をしています。北海道で偶然『なべさん食堂』という店を見つけ、渡邊さんの顔がよぎりました。いろいろ経験して、一回り大きな人間になって大阪に帰りたいと思います」と記されていた。

ずっと持っていてくれたのか。

後日、その手紙を携えて毎日放送があった場所まで歩いた。

丘の上から眺める風景も大きく変わった。

かつてここに若者達が集まってオモロい事を探しては発信していた形跡は見られない。今は若い家族達が未来を紡ぎ出している。


桜を仰ぎながら、ゆっくりと坂を降りて行く。

思えば、坂を登る事ばかり考えて生きて来た。

これからは坂を降りる事も考えなければならないのだろうか？

いやいや、ずっと坂を登る方法を考えながら生きたい。

どう生きるかを考えているうちに年齢を重ね、結論が出ないままどう死ぬかを考える歳《とし》になってしまったと誰かが言っていた。

年老いても、色褪せない夢を抱いて歩きたい。

若い星にのみ輝く特権があるのではない。渋く輝く老星になりたいと思った。

もう引き返せないのだから。

あとがきにかえて

『熱中ラジオ丘の上の綺羅星』を読んでいただき、ありがとうございました。僕の記憶を辿《たど》ってこの物語に至るまでの年譜を記したいと思います。

年譜

一九五九年

三月二十五日、大阪府茨木市にある茨木市民病院で産声をあげる。二十三時間という難産の末に三千二百グラムでこの世に出てくるが、母親の産道がなかなか開かなかったためアタマが引っかかってしまい、ちょうど七福神の福禄寿《ふくろくじゅ》のような長いアタマで生まれたらしい。その姿を見た父方の祖母は「こりゃとんでもなく可哀想《かわいそう》な子が生まれてきた」と心の中で嘆いたらしい。

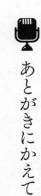

父、慎太郎は当時三十歳。（株）旭屋書店に勤務していた。母、敏子は二十七歳で専業主婦。その後、長いアタマも徐々に普通になり、決して裕福ではなかったものの鳥飼家の長男として両親の愛情をたっぷり受けて育ってゆく。

一九六三年　私立高見幼稚園に入園。とても内向的だったのでそれを改めさせようと母が「ヤマハ音楽教室」に通わせたが、オルガンしか弾かない日々を送り益々《ますます》内向的に。音楽教室を辞めさせられる。日曜日はバスに乗り枚方《ひらかた》パークに行くのが楽しみだった。

一九六四年　東京オリンピック開催。スポーツが苦手で、まだ幼かったのでほとんど記憶がない。

一九六五年　茨木市立中条小学校入学。走るのは遅いし、勉強もそこそこ。パッとしない早生まれの一年生。

一九六六年　二年生。友達の高倉とお楽しみ会で漫才をやって、初めて人前で爆笑をとる。「僕、がんやねん」「あーピストルの事?」「そうそう、バーン!って違うがな!」「鳥の雁《がん》か!」「そうそう空飛んで、なんでやねん!」と言うくだりがあってウケる。四十年後高倉は肺がんで浄土へ旅立つ。

一九六七年　三年生。新卒で担任になった熱血漢、吉原宏文先生に国語の成績を褒められ、もっと褒められようと夏休みの読書感想文を十三本提出してまた褒められる。学芸会で「イワンのばか」のイワン役を演じる。先生から毎日のように「念願は人格を決定す、継続は力なり」この言葉覚えとけよ!と言われる。意味はよくわからなかったが、心に刻まれる。

一九六八年　四年生。ザ・フォーク・クルセダーズの『帰って来たヨッパライ』を聴いて衝撃を受ける。
地元茨木市で幼少時代を過ごした川端康成氏がノーベル文学賞を受賞。その影響で作文に「将来は文学者になる」と書く。学芸会で「裸の王様」の王様役を演じる。
野球部のキャプテンだった父親は息子とキャッチボールをやりたがったが、苦手だったのでイヤイヤ付き合う。ボールをこぼすと、星一徹と化した父が「こんな球も取れないのか！」と僕にボールを投げつけ、ますます野球が嫌いになる。

一九六九年　五年生。笑福亭仁鶴さん大ブレイク。憧《あこが》れまくる。

一九七〇年　六年生。日本万国博覧会開催。バスで十分のところが会場だったので、半年の開催期間中に二十一回訪れる。建設中から解体まで数えると、一年間で百五十回くらいはチャリンコなどで千里丘陵に足を運んだ。パビリオンのバッジ集めが流行《はや》り、六十四種類集めて学校で三位になった。ちなみに一位は前述の高倉で百一種類。
初めて小遣いでシングルレコードを買う。仁鶴さんの『大発見やァ！』。

一九七一年　茨木市立養精中学校入学。軟式テニス部に入るも補欠止まり。ラケットを持っている姿は全く輝いていなかった。半年間で六千万人以上の人がやって来た万博のお祭り騒ぎが終わった喪失感をラジオの深夜放送が埋めてくれた。ハガキを出すと結構採用され、番組のノベルティーをもらったりして自分の居場所を見つけ、ちょっと輝く。

一九七二年　中学二年。ラジオから流れる拓郎さん、陽水さん、泉谷さん、アリスなどのフォークソングに憧れてギターを弾き始める。最初は親戚《しんせき》のおばさんからもらったガットギターを弾いていたが、飽き足らずにお年玉で一万七千円の「SONORO」という名もないメーカーのフォークギターを買って友達の中澤君とオリジナルソングを作り始める。拓郎さんの『せんこう花火』に影響を受けて『かとりせんこう』という歌を作る。ラジオ大阪『ヒットでヒット　バチョンといこう』の笑福亭仁鶴さんや桂春之助さんの曜日でハガキが読まれバチョンバッグをもらう。コメディNo．1さんの曜日の「ポエムのコーナー」では、電話で出演してポエムを朗読。翌日学校で人気者になる。「アホの坂田」を聴いて衝撃を受ける。

一九七三年　中学三年。茨木市立中条公民館で中澤君と松山君で結成していたユニット「Ｇｉｖ《ギヴ》」ファーストコンサートを開催。「Ｇｉｖ」のネーミングは明らかに当時の人気グループ「ＧＡＲＯ」の影響。オリジナルは二十曲くらいはあった。ラブソングもあったが、明らかにあのねのねの影響を受けて作った『ババが出ない』などのバカバカしい歌の方が評判が良かった。
ラジオ番組『ＡＢＣヤングリクエスト』の人気コーナー「仁鶴頭のマッサージ」のコーナーでハガキが読まれ、ヤンリクノートとヤンリクボールペンをゲット。

一九七四年　大阪府立春日丘高校入学。剣道部に入部するも、竹刀を握っている姿は全く輝いていなかった。
ラジオ番組『ＭＢＳヤングタウン』の桂文珍さんとキャッシーさんの曜日でハガキが読まれてヤンタンバッグをもらう。

金森幸介さん、ザ・ディランⅡや加川良さんなどが出演する「春一番コンサート」、山口百恵コンサートや西岡たかしコンサートなどに通う。茨木市の唯敬寺で隔月行われていた桂枝雀一門勉強会「雀の会」や中央公民館での桂文珍勉強会にも頻繁に通い、この世界に入るとっかかりを探っていた。文珍師匠は「ウチに来るのかと思ってたら鶴光はんとこへ行きよった」と後日語っておられた。

一九七五年

高石ともやさん主催「宵々山コンサート」でブルーグラスの楽しさを知り、レギュラーの諸口あきらさんに憧れる。ダウンタウンブギウギバンドコンサートには宇崎さんに憧れて、あえてツナギを着て参加。五つの赤い風船'75のコンサートにもよく出かけた。ちなみにこのユニットのボーカルは金森幸介で、前座でソロでも歌っておられた。『ABCヤングリクエスト』キダ・タローさん司会の人気コーナー「ミキサー完備スタジオ貸します」出演。オリジナル曲『こんな夜』と『スッポン人生』を歌う。

千里セルシーでの公開録画「鶴光のテレビ!テレビ!」の出待ちをして、

高倉が運転するスーパーカブで師匠を追跡。鶴光師匠に弟子入りを申し込む。

一九七六年　高校に通いながら、休みの日は見習いとして師匠のお宅に伺う。文化祭で八ミリ短編映画『ウソの世界』を監督する。靴を脱いで電車に乗ったり、トイレに卵を産み落としたり、プールで鯖《さば》を捕獲したり、自転車でドブ川を走ったりするショートネタムービー。リバイバル上映もやった。

体育祭では応援団長を務め、卒業式ではDJ形式で答辞を読んで、先生から罵倒《ばとう》されて物議を醸すなど、内弟子になる前の残りの学生生活を謳《おう》歌《か》する。

一九七七年　内弟子生活がスタートする。当初はやる気のある気の利く弟子だったのだが……。

一九七八年　十九歳。『ヤングタウン』のレギュラーに抜擢《ばってき》。笑福亭笑光として、新世界新花月で初舞台。六代目松鶴師匠と十日間ご一緒させていただく。僕の演目は「動物園」「米揚げ笊《ざる》」。全く受けなかった。それに対して松鶴師匠は、最初は威圧感で客席を圧倒し、やがて爆笑に変えてゆく。凄《すご》い！　と思った。

一九七九年　奥さんから追い出されたのをいいことに師匠のお宅に行くのを拒否。年間二百本の映画を観てスクリーンに逃避する。

一九八〇年　破門。放浪の旅へ。ヨロン島には高倉もひと月ほどやって来る。

一九八二年　嘉門達夫として『ヤングタウン』に復帰。

一九八三年　『ヤンキーの兄ちゃんの歌』でデビュー。

その後の事は、この物語で確認していただけると思います。

還暦を前に、ここまでの足跡をまとめさせていただいた幻冬舎さん、そして今回の文庫化にあたり、道筋をつけてくれた高校の同級生であり作家の増山実氏（ちなみに高校の文化祭の八ミリではマカロニ刑事を演じた）、ならびに角川春樹事務所のみなさまに感謝します。渡邊さんも浄土で喜んでくれていると思います。

そして二〇一八年夏にリリースしたデビュー三十五周年to還暦記念アルバム『HEY！浄土～生きてるうちが花なんだぜ～』はまさに高倉と渡邊さんを送った体験がベースになって生まれました。様々なご縁が繋《つな》がって表現活動が出来る事をありがたく思います。これからもよろしくお願いいたします。

ありがとうございました。

嘉門タツオ

解説

増山実
「金森幸介《かなもりこうすけ》」「嘉門《かもん》タツオ」「渡邊一雄《わたなべかずお》」。

三人の男の物語の解説に、どうか自分自身の話をすることを許してほしい。

僕は嘉門タツオの書いたこの「物語」のすぐそばにいた。

嘉門タツオ（当時は鳥飼《とりかい》達夫だ）を初めて見たときのことは鮮明に覚えている。

高校二年の、たしか秋だった。別のクラスだったその男を、学校の校庭で初めて見かけた。背中に白い鯨の手描《てが》きの絵が入ったGジャンを着て、自転車で僕の前を通り過ぎた。そのGジャンの白い鯨の絵がなぜかはっきりと心に焼きついた。

三年の時、同じクラスになった。最初の会話がどんなものだったのか、今となっては思い出せない。もしかしたら、そのGジャンの話をしたのかもしれない。あるいは彼が落語家に弟子入りしている、ということをクラスメイトから聞いて、興味を持って話しかけたのかもしれない。とにかく二人はいつも一緒に授業をサボり、近くの「アンクル」という喫茶店に入り浸った。

いつしか鯨のGジャンは僕の手元にあった。彼がくれたのだ。その程度には、仲が良かった。

授業中、後ろの席で先生の目を盗み、こっそり一緒にネタを考えた。小話とか、まあそんな類《たぐい》だ。まるでままごとみたいな遊びだったが、そういうことを考えるのは楽しかった。

期末試験期間の最中に、一緒に明日の試験の勉強せえへんか、と誘われ、茨木にある彼の家の二階の部屋に泊まったことがある。秘密基地のようなその部屋でひたすらカンニングペーパーを作るのに余念がなかったタツオは、それにも飽きたのか、夜中に「レコード、聞こか」と言い出した。

その時、彼がターンテーブルに置いたレコードが、金森幸介だった。

初めて聞く名前と歌だった。

朝はもう　地平線の向こうからやってくる
めくるめく光と　爽やかな　風連れて

歌い出しの詞をはっきりと覚えている。

その歌声と、とりわけ歌詞に僕は惹《ひ》きこまれた。

「この人、ええよな」

「うん。ええやろ」

そうして二人で何度も同じレコードを聞いた。新しい朝が、始まろうとしていた。

高校を卒業し、本格的に師匠宅に弟子入りするタツオは、しばらくは家に帰れへんから、と、本棚のボブ・ディランの本や『米朝上方落語選』を僕に預けた。

内弟子時代に働いていた千里丘のスナックにも行った。新世界にある新花月の初舞台にも行った。ヤンタンの「涙の内弟子日記」というラジオのコーナーで「笑光《しょうこう》京大一直線」という京都大学を受験するという企画があり、師匠の家を出られない彼の代わりに合格発表を見に行ってラジオで彼が喋《しゃべ》る台本を書いた。タツオはあたかも自分が合格発表を見に行ったかのようにその台本を喋った。僕は大学生だったが、思えばこれが自分の書いたものが電波に乗った最初の体験だった。

そしてタツオは落語家を破門。「北へ向かう」と言う彼を、大阪駅の一番ホームまで見送りに行った。なんやこれ、遠く離れてしまう恋人同士みたいやないかと僕は思った。

旅から帰ってきた彼と、吹田駅前の居酒屋で会った。いきなり「俺は歌手になる」と言い出した。頭がおかしくなったと思った。しかし、彼は、その言葉を現実のものとした。

一方、僕は憧《あこが》れだった放送局に就職することも叶《かな》わず、サラリーマンになる。「ヤンキーの兄ちゃんのうた」でデビューするから、B面の歌を書いてくれと頼まれ、勤務地だった名古屋の回転寿司店に座っているときに思いついた「私はバッテラ」という歌を書いた。この時はゴースト作家で、作詞の名前に僕の名前は出なかった。

彼はあっという間に売れ、僕は彼のライブ用のショートコントを考えたり、「どう見ても山田君」という歌や、「アホが見るブタのケツ」を作って彼に送った。

そして、退職。放送作家になった。彼の口利きで、エフエム大阪で初めてラジオ番組を持った。朝日放送の「探偵！ナイトスクープ」に入ったのも彼の口利きだった。

僕は嘉門タツオのB面のような存在でこの業界を生き延びてきた。

小説にあるように、嘉門タツオと金森幸介（高校時代、一緒にレコードを聞いたあの歌手だ）は、共に敬愛する写真家、糸川燿史《いとかわようし》のスタジオで二十年ぶりに再会を果たす。その場に、僕もいた。タツオが呼んでくれたのだ。

やがて僕は出るあてもない小説を書くようになった。テレビやラジオのような誰かとの共同作業ではない「自分の世界」を文字で表現したかったのだと思う。

書き上げたその小説を、なぜか幸介さんに読んでもらいたくて、ライブ会場に持って行った。幸介さんはその原稿を、服部緑地公園のベンチで少しずつ読んでくれたという。読み終わった時、感想をいただいた。もしこれから先、自分がもう小説を一冊も読めなくなっても、これを読んだから、もういいな、と思えたんや、と幸介さんは言ってくださった。

『熱中ラジオ』のもう一人の男、渡邊一雄については、僕は語る資格がない。関西で放送作家を三十年以上続けてきたのに、僕は「大ナベさん」と接点がなかった。

誰かのライブ会場で、一度ご挨拶《あいさつ》をしたおぼろげな記憶があるだけだ。

まるで中学高校時代に憧れの目で見上げた「丘の上の放送局」そのもののように、僕にとって渡邊一雄という人は、ずっと近づけない眩《まばゆ》い光源だった。

そして嘉門タツオにとっても、金森幸介にとっても、渡邊一雄は眩い光源だったに違いない。

嘉門タツオはそのめくるめく光に果敢に近づき、一方の金森幸介はその光から遠のいた。

この物語は、「渡邊一雄」という光源に限りなく近づこうとした男と、背を向けて離れた男の物語だ。

全く違う行動を取った二人だったが、不思議なことに二人は同じことを思うのだ。

「もう引き返せない」と。

引き返せなかったはずの二人は、あることがきっかけで渡邊一雄との邂逅《かいこう》を果たす。

その邂逅を実現させたのは何だったか。

それは、人が持つ引力というものの不思議だ。

渡邊一雄という巨大な恒星の引力が、二人の男を引き寄せたのか。

そうではない。

引き寄せられたのは、渡邊一雄の方だった。

そこに僕は、「人生」という宇宙の不思議を感じるのだ。

自分もまた嘉門タツオという「引力」に引き寄せられた人間として、そう思う。

ところで、高校生の時、タツオからもらった、あの白い鯨が描かれたGジャンは、いま、どこにあるのだろう。実家の押入れの奥のダンボールの中を探ればまだあるかもしれない。いや、さすがにもう処分されて捨てられただろうか。

僕は夢想する。Gジャンの背中から抜け出した白い鯨が、この果てしない宇宙空間のどこかを、静かにさまよっている。

タツオくん。あの日から、随分二人は、遠くまで来たね。

あの背中の白い鯨を追いかけて、ここまで来たような気がする。

そして、今、僕もこう思っている。

もう、引き返せない。


（ますやま・みのる／作家）

Haruki Bunko
ハルキ文庫

か 19-1

熱中《ねっちゅう》ラジオ 丘《おか》の上《うえ》の綺羅星《きらぼし》

著者 嘉門《かもん》タツオ

2018年 12月18日第一刷発行

発行者 角川春樹

発行所 株式会社角川春樹事務所
〒102-0074 東京都千代田区九段南2-1-30 イタリア文化会館

電話 03(3263)5247(編集)
03(3263)5881(営業)

印刷・製本 中央精版印刷株式会社

フォーマット・デザイン 芦澤泰偉
表紙イラストレーション 門坂 流

ISBN978-4-7584-4221-3 C0193 ©2018 Tatsuo Kamon Printed in Japan
http://www.kadokawaharuki.co.jp/[営業]
fanmail@kadokawaharuki.co.jp[編集] ご意見・ご感想をお寄せください。